MARINE MAUGRAIN-LEGAGNEUR

MENTAL

Mélodie à l'origine

RAGEOT

Cet ouvrage a été imprimé sur un papier issu de forêts
gérées durablement, de sources contrôlées

Photographie de couverture : © Jean-Philippe Baltel

ISBN : 978-2-7002-7670-1

Cet ouvrage est librement inspiré du personnage de Mélodie
présent dans la série *Mental* diffusée sur france.tv Slash.

À Quentin,
À Victor,
À mes charmants petits flageolets.

1.

Un paquet de cigarettes volant.

Un paquet de cigarettes est en train de me flotter juste sous le nez. Ouvert.

Les cigarettes s'échappent, elles aussi elles se mettent à flotter, chacune dans sa petite direction, pépère. Pourquoi est-ce que tout est au ralenti ? Je suis à peu près sûre qu'il faudrait que j'arrive à penser à autre chose mais là tout de suite, j'arrive pas du tout à me concentrer. Ni à lâcher des yeux ces clopes qui s'enfuient en flottant vers un autre destin. On dirait que les objets autour de moi se sont envolés doucement. On a eu un cours la semaine dernière sur la gravité, j'ai clairement pas tout compris, mais je suis à peu près sûre qu'elle était pas censée périmer tout de suite. Y a un truc qui m'échappe. Je vois bien, y a un truc qui m'échappe.

Bon, faut prendre les problèmes dans l'ordre parce que visiblement j'ai le cerveau en panne. Je fais un effort pour me concentrer, c'est comme si je soulevais cent cinquante kilos. Y en aurait plusieurs qui se posent, mais je choisis une question pas trop compliquée, à peu près au niveau de mes capacités du moment : je suis où, en fait ? Logiquement il doit y avoir des éléments de réponse pas loin, mais en vrai, ça se complique.

Déjà, c'est qui, le boloss dans la voiture à droite, avec sa tête paniquée, pourquoi il me fixe comme ça ? On dirait ma pote Pia, la fois où elle a avalé du vinaigre, parce qu'elle avait lu quelque part que c'était un bon truc pour maigrir, la vérité c'est que ça te fait fondre les boyaux, vénère. Le type en face il a pas du tout l'air d'avoir besoin de vinaigre, il doit peser vingt-trois kilos les jours de fête. Il me fixe comme si je lui avais volé son kebab. C'est quoi son problème ?

De l'autre côté… de l'autre côté c'est mon père. Lui aussi il me fixe, décidément. Je vois ses yeux, des grands yeux verts, un vert hyper clair, un peu pistache, *hommage au pays,* il dit. En amande et tout. On dirait qu'il veut me dire un truc. Il fait toujours ça mon père, il cause pas beaucoup, mais il dit tout ce qu'il veut avec ses yeux de ouf ; d'ailleurs, pourquoi j'ai pas les mêmes ? J'ai tout pris chez lui, sa taille de Schtroumpf, ses dents de traviole, mais les jolis yeux verts en amande, nada. Là y a de la friture sur la ligne, je capte pas très bien ce qu'il raconte. Je voudrais lui demander de répéter, avec des mots, merci, mais j'ai la bouche comme si j'avais avalé un tube de colle forte, peut-être finalement que ma prof d'histoire de cinquième est revenue d'entre les morts pour mettre sa menace à exécution – «Je vais vous coller les lèvres, mademoiselle Boucherit. Je vous préviens, je vais les coller ! ». Elle avait beaucoup prévenu, je l'avais pas crue, mais visiblement elle a fini par me coincer.

Mais pourquoi maintenant ?

Je capte d'un coup que c'est pas moi, qu'il regarde, mon père, en fait, ce qu'il regarde, c'est de l'autre côté de moi. La lumière rouge, très rouge, carrément trop rouge, le rouge du feu rouge de la rue à droite. La rue d'où il est en train de débarquer, l'autre abruti de vingt-trois kilos avec sa tête de mec qu'a mordu dans un citron. Il va nous…

Tout redémarre d'un coup. Les cigarettes s'en vont s'écraser contre le pare-brise, coup de volant, coup de klaxon, du bruit comme s'il était devenu solide, qui me rentre par les yeux, le nez, la bouche, j'arrive plus à respirer. Et tout qui fonce autour, comme si ça rattrapait le temps perdu à flotter en l'air, tout qui plie, ça grince, comme si ça pleurait, ça résiste, mais ça pète quand même. Et soudain : je vais finir en cube apéritif. Cette idée me fait marrer, mais en fait c'est hyper triste, je déteste ces trucs, tout le monde déteste ces trucs. Le fait que ça existe depuis si longtemps ça me révolte, tout d'un coup, là, maintenant. Personne nous oblige à en bouffer par contrat, si ? Est-ce qu'il y a une sale race d'aliens venus d'une autre galaxie pour nous forcer à avaler des cubes de fromage pasteurisé saveur jambon à chaque apéro ? C'est qui, le bâtard qui a inventé la saveur jambon ? Est-ce que je vais pas vivre assez longtemps pour voir la disparition de ces saloperies ?

Et il est pas un peu trop près ce pare-brise ?

2.

– Kenza ? Kenzaaaaaa ? Tu me fais mon laiiiiit ? Kenza !

Sérieux, pourquoi ? J'ai fait quoi en fait ? Pourquoi est-ce qu'on m'a calé une petite sœur dans les pattes, pourquoi elle a un pic d'énergie à sept heures du mat, pourquoi son premier mouv du matin, c'est de venir sauter sur mon oreiller pour que je lui file un verre de lait grenadine, et de chouiner jusqu'à ce que je me lève ? Qu'est-ce qui me pourrit mon putain de karma à ce point-là ? Sérieux, je suis désolée, je serai plus jamais en retard en cours, je serai sympa avec cette grosse vache d'Amélie, j'essaierai même de me rappeler que la CPE a été un être humain un jour, mais pitié, laissez-moi dormir...

Apparemment, c'est mort. Assia tire sur mon drap, je la connais, bientôt elle va me tirer sur les cils. J'essaye d'ouvrir les yeux, pour de vrai, hein, mais chaque paupière pèse trois mille kilos, je sais pas où je les range dans la journée. C'est quoi, la masse volumique du sommeil, ça doit être hyper dense. Le temps que j'ouvre un œil, Assia a déjà fait trois fois le tour de la chambre, elle est sur orbite. Qu'est-ce qu'elle a aujourd'hui, on dirait un écureuil sous amphets, j'arrive pas à la suivre des yeux... En même temps si j'ouvre la deuxième paupière, ça ira peut-être mieux. Le temps de m'y mettre, Assia est de retour et cette fois elle tire sur mon oreiller. Je pensais qu'avec la deuxième chambre, j'aurais la paix. Depuis cinq ans qu'elle est là, je me suis tout tapé : les nuits coupées en huit parce qu'elle voulait manger que quinze grammes à chaque fois, les jouets sur la moquette en mode piège à loup : tu te lèves pour aller faire pipi, une chance sur deux pour que tu marches sur un truc qui couine plus fort qu'une instagrameuse devant un bébé bouledogue et qui réveille tout le quartier. Toi, évidemment, t'as sauté au plafond où tu fais tranquillement ta petite crise cardiaque, et quand tu retombes, c'est forcément sur un tas de briquettes en plastique coloré. Si je tenais le sadique qu'a inventé ces trucs, je lui ferais payer toutes les fois où il a fallu ramasser ces saloperies étalées sur la moquette de ma chambre. Vengeance pour toutes les lombaires défoncées, vengeance pour toutes les tortues de mer qui mâchonnent du plastoc, vengeance pour tous les gosses qui ont jamais réussi à refaire la station spatiale en photo sur la boîte, vengeance pour tous les pieds limés en deux par ces armes de guerre. Il en boufferait, des cubes goût jambon, ce bâtard.

Assia me tire les cheveux, maintenant. Miskine. À trois ans, elle a commencé les cauchemars, elle débarquait dans mon lit, elle était tellement petite, un petit hamster, avec ses petites joues rondes. Elle arrivait et elle se mettait sous la couverture sans rien demander, encore endormie, toute chaude, elle se blottissait contre moi. Et puis elle pissait au lit.

Aïe.

Elle tire vraiment fort. Elle a collé son visage sur le mien, et elle me regarde de très très près, je vois plus qu'un gros œil au milieu qui me fixe. Un gros œil vert pistache. Elle les a eus elle. Évidemment.

Allez, ok, je me lève. Elle est déjà partie à fond vers la cuisine, j'ai l'impression qu'elle vit pas à la même vitesse que moi, comme si dans sa dimension de nains la vie était trois fois plus rapide. Je la suis dans le couloir, les yeux qui se ferment, je marche pas très droit, limite je me cogne contre les murs, j'ai le pilote automatique qui plante. Je crois que je pourrais m'endormir contre le papier peint, il a l'air tellement confortable tout d'un coup. J'entends Assia dans la cuisine qui s'impatiente, comment elle se déplace si vite, sérieux, c'est pas normal.

Sa mère, mon pied. Putain de briquettes en plastique à la con. Au moins, la douleur a fini de m'ouvrir les yeux, c'est bon je suis réveillée, merci, on arrête là. J'avance en boitant sur la fin du couloir. Je passe une tête dans la chambre des vieux. Persiennes fermées, personne qui moufte, ça sent le poney.

– Y a quelqu'un ?

Rien. Je sais que si je réessaye, au mieux, ça va gémir, j'ai Assia qui chouine déjà de l'autre côté de la porte, pas que ça à faire, tant pis. C'est Beyrouth dans la cuisine. Y a huit semaines de vaisselle étalée partout, le halva pas rentré au frais avec une cuillère en travers dedans, et une bouteille de Boulaouane, vide, heureusement remarque, parce qu'elle est couchée sur la table. Je ramasse vite, comme si ça pouvait empêcher Assia de comprendre ce qui se passe, comme si c'était pas trop tard, comme si elle l'avait pas vue, alors que ça fait dix piges qu'elle est assise là et qu'elle attend son verre de lait, droite comme un i, ma petite frangine, posée, toute sage, au milieu du carnage.

Elle attend. C'est ça qu'est bien avec les gosses, ils quittent pas l'objectif des yeux, elle s'en fout, elle, de l'apocalypse dans la cuisine, elle va pas me lâcher tant qu'elle aura pas son verre de lait grenadine sous son petit pif buté. Elle se pose pas la question, parce que de son point de vue le monde est très très simple : c'est le matin, et le matin, le truc important c'est son verre de lait grenadine. Puis, faudra se laver les dents avec sa brosse à dents à paillettes, et après faudra choisir une jupe. Elle sait que j'ai pas le courage de lutter à 7 h 42, alors elle ira encore à l'école en jupon en tulle rose qui brille, peut-être même avec un collant turquoise en dessous, la maîtresse nous regardera de travers, mais moi madame, j'ai pas envie de faire pleurer ma petite sœur juste parce que vous aimez pas le tulle rose qui brille.

Je crois que si elle était pas là, Assia, je me roulerais en boule sur le canapé et que je resterais là jusqu'à l'incrustation totale. Je finirais par fondre, et on retrouverait qu'une grosse tache de gras sur les coussins, on pourrait pas se douter que toute cette huile a été un jour douée de parole. Parce que franchement, à quoi ça sert : la maison prend la flotte et le lycée, merci l'exaltation, je crois que j'ai épuisé les possibilités de fun de ma vie. Mais Assia est là, elle a besoin de verres de lait, faut bien que quelqu'un lui file, alors je bouge encore.

Un bon tiers de grenadine sinon ça l'intéresse pas, j'essaie de fuir l'odeur de mort par diabète qui s'échappe du verre. Je capte pas ce qu'elle trouve à ce truc-là, ça lui a pris y a deux mois, jamais on en avait entendu parler avant, depuis c'est l'obsession, impossible de lui faire avaler autre chose au petit-dej. Je la soupçonne de se forcer à aimer parce que c'est rose, de la vraie nourriture de licorne. Je lui pose son verre sous le nez et Assia boit son truc en quinze fois moins de temps qu'il m'en a fallu pour lui préparer et pose le verre comme si elle venait de finir sa pinte cul sec. Elle rote en ayant l'air de faire une déclaration publique, je suis hyper impressionnée par les rots qu'elle est capable de faire, tant de gaz dans un si petit truc, et elle file vers la salle de bains : c'est l'heure de la brosse à dents à paillettes.

Moi faudrait que je me lance dans le nettoyage de la cuisine, mais à ce stade, j'ai plutôt envie de foutre le feu. J'opte pour le moyen terme : je lave le verre, je range le lait, je jette la bouteille de Boulaouane. Ça ira bien pour la journée.

3.

Regard acide de la maîtresse sur le jupon en tulle rose qui brille de ma frangine. Quand elle lève les yeux vers moi, elle a pas l'air de trouver le spectacle meilleur, pourtant, la vérité, moi j'ai résisté à l'envie d'enfiler ma panoplie de Cendrillon. Quand même, elle s'attarde un peu. Je jette un discret coup d'œil – mais c'est bon tout va bien, j'ai pas oublié mon jean. Assia tire sur ma main, me colle un gros bisou sur la joue, et me plante là en criant « À toute ! », et voilà que je reste toute seule face au Dragon. Il fait un essai de sourire, le Dragon, mais madame, j'ai des yeux, moi, tu peux me faire du charme, mais je vois bien que t'es un gros reptile.

Elle est très forte en air de pas y toucher, mais je sais ce qu'elle veut derrière son sourire au gloss pastel : elle veut savoir ce qui se passe chez nous. Elle veut savoir pourquoi on voit plus ma mère à l'école, pourquoi Assia a droit à des Tagada au goûter depuis un mois, pourquoi sa frange lui arrive jusqu'au menton, et pourquoi le jupon rose de princesse un jour sur deux, surtout. La fin de la civilisation ce jupon.

Je lui répondrais bien *parce que*, ma petite sœur a déjà pas beaucoup de quoi se réjouir dans la vie, alors si elle aime les bonbons, les cheveux longs et les jupons, franchement, je vois pas de quel droit je l'empêcherais de faire ce qu'elle veut, c'est pas parce qu'elle a cinq ans, et tant pis si ça doit détruire l'ordre social tel qu'on l'a toujours connu. Mais je sais pas pourquoi, j'ai l'impression que c'est pas la bonne réponse. Elle a pas lâché son sourire en plastique depuis dix bonnes minutes. Ça devient flippant, madame, tu te décides à parler, oui ?

– Bonjour ? Kenza, c'est ça ?

Y a pas moye, elle m'aura pas comme ça. Je hoche la tête, un coup, histoire de montrer que je suis ni sourde ni complètement teubée, mais pour l'instant, je desserre pas les dents, le temps d'évaluer le degré d'embrouille. Petit sourire serré, par contre rien de bon dans les yeux, l'air un peu embêté, elle va pas me lâcher tout de suite. Houston, on a un problème. Va falloir jouer fin, heureusement je gère, et personne m'a encore battue à ce jeu si golri du : mais non mais non, tout va bien, l'enfance de ma sœur est un rêve éveillé et ma mère se fait absolument pas cinq pastis-tramadol les jours où ça rigole. Je sors mon meilleur sourire. Les dents pas droites de mon vieux, il paraît que c'est ce qui a convaincu ma mère de l'épouser. On va tenter ça, du coup. Le temps que tout ça défile dans ma tête, le Dragon a réarmé.

– Comment ça va, à la maison, en ce moment ?

Je prends l'air le plus innocent du monde, on dirait un chaton de deux jours, mouillé, avec un filtre « mignonceté maximum » activé par-dessus, pendant que mon cerveau turbine à toute berzingue pour trouver la meilleure phrase pour abréger cette conversation le plus vite possible, sans qu'elle capte que je l'enfume. Si je veux être un peu crédible, je peux pas faire comme si tout roulait comme d'habitude, faut que je lui lâche un truc à ronger.

– Je… Bien…

– Ta mère, ça va ?

Si tu savais, Dragon, si tu savais. Je hausse les épaules, genre « on fait aller ma bonne dame », alors que c'est tellement pas vrai, qu'on fait aller, que là tout de suite je mérite un César.

– Elle a pas mal de travail en ce moment, et puis forcément, elle est un peu… fatiguée. Mais y a ma tante qui doit venir la semaine prochaine pour nous aider, et Assia l'aime beauc…

Ma phrase s'interrompt toute seule, vu que je viens de la repérer, Assia, justement, elle est plantée derrière le Dragon, qui me regarde avec des grands yeux ronds. Forcément, c'est qu'elle est un peu étonnée d'apprendre que notre tante vient nous aider la semaine prochaine, ou alors peut-être que c'est d'apprendre qu'elle l'aime beaucoup. Ou, peut-être aussi que c'est d'apprendre qu'elle a une tante, comme je viens de l'inventer. Comment se griller en une leçon, le tuto le plus rapide de l'histoire, par Kenza Boucherit.

Je cherche une idée de génie pour détourner l'attention du Dragon, mais je fais de la brasse coulée dans la semoule de couscous, et avant que j'aie le temps de ranger mes yeux, le Dragon capte que je suis en train de regarder derrière elle. Lentement, elle remonte mon regard avec le sien, c'est ouf, son regard qui rampe comme un batracien, on voit presque l'air devenir visqueux sur le chemin de ses yeux. Faudrait vraiment que je me bouge, mais mon cerveau a fondu, à cause de toute cette humidité visqueuse, là-dedans ça fait comme de la gelée, putain, Kenza réveille-toi… Le regard du Dragon s'arrête, elle a repéré ma sœur.

Elle me regarde à nouveau, elle voit ma gueule de catastrophe, et elle sait. Je sais qu'elle sait, elle sait que je sais qu'elle sait, tout le monde sait. C'est foutu. Elle se tourne vers Assia.

– Tu es contente que ta tatie vienne à la maison la semaine prochaine ?

Sérieux, Dragon, une enfant de cinq ans ? T'as pas honte, de la piéger comme ça, alors qu'elle fait même pas un mètre, ma petite frangine ? Comment tu peux chercher à coincer un petit machin moins lourd qu'un hachis parmentier pour six ?

– Ouais, elle est super. Elle joue aux billes avec moi, et elle fait plein de gâteaux au chocolat.

Assia regarde sa maîtresse sans bouger un cil de ses yeux vert pistache. J'hallucine comme ma sœur est un génie, et même si clairement, sa dernière phrase sonne un peu comme un chantage, j'ai envie de la prendre dans mes bras et de lui payer un bottomless lait grenadine au bar du coin. La surprise est bien présente dans les yeux du reptile, qui s'y attendait pas du tout, à celle-là. Pourtant elle met à peine deux secondes à réagir, mais c'est deux secondes de trop, Dragon, je sais quand il faut dire au revoir, je me suis pas tapé toute la série des *Hunger Games* pour laisser passer ce genre d'occase de se tirer. Je jette un œil à la montre de mon père, ouh là là, déjà huit heures douze, je vais rater le début de la SES, je peux pas faire ça, c'est hyper important pour le contrôle continu, vous comprenez, c'était sympa, on se refait ça. Clin d'œil à la frangine et je suis dehors. On est pas passées loin.

4.

En vrai, je suis carrément en avance. C'est le calme plat dans la cour du lycée, tellement le désert que j'attends qu'on me lance la musique ambiance western, percus tribales-harmonica-vent dans la plaine, mais y a rien qui vient. Déception. Le film de ma vie est beaucoup trop low cost, et y a même pas un poney qui traîne dans un coin.

C'est vraiment très très calme. Le meilleur moment de la journée, quand tu réfléchis : sans pions qui vérifient que t'es bien là où t'es censée être, sans CPE qui tient à te voir dans son bureau aujourd'hui pour discuter un peu de ta situation familiale préoccupante, pas non plus d'infirmière scolaire qui te demande si ça va sans jamais cligner des yeux, pour bien te souligner qu'elle s'inquiète pour toi, mais au bout d'un moment faudrait qu'elle arrête, parce que tout ce qu'elle va réussir à faire c'est à pécho une conjonctivite. Et puis pas de carillon, non plus, ces trois notes moisies qui te remplacent la sonnerie tradi, et qui te donnent juste l'impression de vivre dans un ascenseur géant la moitié du temps. Le bon côté du truc, c'est que j'ai un boule de prof de twerk à force de fuir les ascenseurs.

Zéro élève aussi. C'est tellement rare de s'entendre penser, ici, que j'ai l'impression qu'il y a de l'écho dans ma tête. Mais si je ferme les yeux, je peux me faire d'avance la bande-son de la journée tellement je la connais par cœur. C'est pas compliqué, un lycée c'est une sorte de gros écosystème marin. Du côté des bancs à gauche, c'est l'atmosphère bord de mer, avec le rire de mouette de Tatiana en continu, comme si elle avait branché l'option *lire en boucle*, avec autour d'elle trois quatre grues, dans leur cycliste qui leur colle les cuisses comme une marée noire, et qui gloussent toute la journée pour faire comme leur femelle alpha. En vrai y a du level, elles arrivent presque à voler en escadrille, quand elles bougent, on croirait une choré. Je pensais pas que ça pourrait un jour être à la mode le cycliste, je veux dire même quand j'avais six ans, je savais que c'était la mort sociale : t'as l'air coulée dans du plastique, et y a un camel toe intégré. À quel moment un type perdu au fond de son bureau de roi du stylisme se dit : c'est maintenant, le monde est prêt, on ressort le cycliste et il inflige ça à l'humanité ?

Passé les cinq premières minutes où tu te sens transportée à la mer pour pas cher, les piaillements des Tatianettes, faut se méfier, ça te grille vite le système nerveux. En fait je suis presque sûre que c'est une stratégie de chasse : tu t'approches, attirée par les cris, que tu prends pour les SOS d'oiseaux marins en détresse. Et là elles te chopent, et c'est le supplice chinois de la conversation qui rend fou. Elles peuvent te parler d'une teinte de vernis rose, un peu foncé, genre magenta, mais pas fuchsia, plus mat que celui d'avant-hier, mais quand même un peu brillant, mais ça dépend de ta peau, tu vois. Au bout d'un moment le temps ralentit, et puis il s'arrête, et là ton cerveau commence à te couler par le nez et c'est fini. Je pense que c'est comme ça qu'elles se nourrissent.

Derrière la table des palmipèdes, tu trouves de la morue : lente, majestueuse, désagréable, ça nage mollement comme une princesse de la mer, au milieu des bancs de poiscailles, où chaque sardine est très occupée à imiter sa voisine, pas une écaille qui dépasse, la nageoire dorsale bien dans l'axe, on tient sa position dans le groupe, on surveille discrètement le coin, en panique, en essayant d'avoir l'air cool, mais en fait ça transpire sous les nageoires en priant pour que ça soit le voisin qui se cogne le prédateur. Et puis y a le plancton…

– C'est Kenza, hein ?

Oh, putain.

J'ai failli tomber de mon banc, tellement je l'avais pas entendu débarquer derrière moi, le bâtard.

Alors, deux secondes jeune homme, j'arrive, je ramasse les morceaux de mon cœur qui sont quelque part dans mes chaussettes, et je te défonce la face pour cette arrivée en fourbe, je te préviens, ta mère va avoir les oreilles qui sifflent tellement qu'on va la prendre pour une locomotive.

– Mais vazy, sa mère, tu peux pas…

Silence. J'ai calé. Le type derrière moi se marre sans bruit, comme si c'était une évidence, pourquoi je venais de la fermer. Il me regarde avec un sourire comme s'il avait jamais douté, parce que personne, jamais personne dans sa vie, avait été capable de lui pourrir la tronche, et d'ailleurs c'est sûrement vrai, parce que son sourire a annulé d'un coup l'intégralité de mon vocabulaire. Je bégaye comme si j'avais besoin de douze ans d'orthophoniste, mais y a rien qui sort, je comprends pas. Qu'est-ce qui m'arrive ?

C'est vrai que c'est joli à regarder.

5.

D'habitude, je suis pas trop le genre de meuf qui bafouille à cause d'un visage réussi. Je vais pas me mettre à perdre mon vocabulaire, tout ça parce que mère nature a trouvé le bon endroit où planter un pif dans un visage pour que ça fasse pas trop moche.

Même si c'est un vrai boulot de paysagiste, de caler proprement un nez sur une tête. Non, mais parce que quand on réfléchit, c'est très chelou, la plupart du temps un visage. Je veux dire *un nez*, quoi, on s'est habitués, on questionne plus, mais des fois ça me frappe, la bizarrerie du truc, je vois plus que ça, les pifs des gens. Y en a plus un qu'a l'air normal, même quand il est hyper classique, même quand on dirait un dessin de nez, fait pour les livres où on apprend à dessiner des nez parfaits. D'ailleurs, je sais pas s'ils ont remarqué, les mecs qui font ces bouquins-là, mais ils ont jamais existé, ces nez tout jolis tout droits : quand on regarde les gens pour de vrai, un nez c'est toujours trop petit trop gros trop plat trop pointu, ça ressemble jamais au nez du dessin du nez parfait. Et puis, merci les dessinateurs de pas toujours dessiner des pifs européens bien blancs. Pourquoi on peut pas apprendre à dessiner mon nez à moi, grave long avec une bosse, comme mon père, ou bien le nez de ma pote Anissa, qui est quand même bien là, quoi, tu peux pas le louper. Ou des nez chinois, tu sais ? En vrai, tous les nez de toute façon, t'as l'impression qu'ils viennent pas d'ici, mais qu'ils sont d'une autre réalité. En vrai je pense qu'ils sont arrivés de l'espace, dans un gros vaisseau géant en forme de nez, et puis ils nous ont envahis, et ils se sont assis sur nos visages pour prendre le contrôle de nos cerveaux.

Ok, je suis partie trop loin. Je vérifie discrètement en face, c'est bon il dort pas. Mais il doit commencer à me trouver tarée, vu qu'il s'est remis à rigoler doucement.

– Hello, y a quelqu'un ?

– Euh. Ouais, déso. J'ai un peu du mal à me concentrer. Il paraît que c'est parce que j'ai une pensée en arborescence.

Mais n'importe quoi, putain. Il se marre franchement maintenant.

– En arborescence.

– Ouais, je... Non mais...

Je voudrais passer à autre chose, et il le sait très bien, mais le mec a pas de race, et il insiste, avec son mignon sourire en coin, ça se veut charmant, mais ça entend profiter de sa position de force jusqu'au bout, j'ai envie de l'étrangler. C'est parti pour la full humiliation.

– Bon. La plupart des gens, ils pensent tout droit, t'as une idée qui en entraîne une autre et une autre et puis une autre, ils peuvent pas se perdre, vu, en gros, qu'ils ont pas d'embranchements sur le chemin. Ils suivent leur raisonnement, comme si c'était un fil tendu, tout droit, entre leurs pensées.

Mais d'où je lui fais un cours de psycho, en fait, on se connaît pas. Remarque il a l'air de trouver ça complètement normal, donc on va pas faire de vagues et on va faire comme si.

– Moi, c'est pas du tout ça. En fait, une idée elle m'en donne plein d'un coup, genre, je sais pas, cinq autres. Et chacune des cinq autres, elle m'en donne aussi cinq autres. Ça fait qu'à la fois je vais très vite, vu que je fais des rapports entre plein d'idées, et en même temps c'est tout le temps Bagdad dans ma tête, et je sais vite plus où j'habite. Déjà j'ai des idées qui me viennent quand je suis en train de parler. Là par exemple je te raconte ça, ça m'a fait penser au plan urbanistique des villes, à la différence entre New York qu'est construite toute droite bien carrée, et genre, Naples où c'est le bordel, et du coup je pense qu'en vrai j'en sais rien, parce que j'ai jamais foutu une tong à Naples, vu que mes vieux, niveau moula, c'est pas la joie, et ça, ça me fait penser à ma mère, parce qu'en ce moment c'est la hess à la maison, mais en fait j'aurais pu aussi continuer sur New York, vu que je suis censée lire les *Chroniques new yorkaises* pour le cours d'anglais, et que ça fait un truc comme mille pages et demie, mais aussi j'aurais pu partir sur les tongs, parce que je me suis demandé si tu comprenais. Genre, est-ce que tu dis *tongs* ? Ou alors tu dis des claquettes – et du coup bienvenue dans les années 90 ? Y a aussi des gens qui disent savates. Si tu réfléchis trois secondes, y a pas un seul mot pour dire tongs qui soit pas complètement rincé, c'est un peu comme pour les eins, y a pas de mots pour ça, c'est soit médical, soit hyper beauf, soit débile… Tu vois, en vrai, dans ma tête, j'ai continué sur ma mère, et puis Naples, et New York et son bouquin de dix mille pages, et sur les chaussures, et sur les eins. En même temps. Du coup ça devient compliqué de penser à tout ça, alors que je suis en train de t'expliquer le fonctionnement de ma tête. Tu vois.

Non mais ça va pas non ? Devant mon degré de folie, obligé, il va appeler l'infirmière, elle va tellement paniquer, elle est pas près de recligner des yeux, la pauvre. À ce stade, j'attends qu'il se lève et qu'il se barre mais y a rien qui vient. Il sourit toujours, ça commence à faire long, mec.

– Je dis des tongs.

– Ok.

Passionnance de cet échange. Pardon, là, mais j'estime avoir assez donné en termes de volume de mots, maintenant c'est à toi, mon pote. Il doit capter que j'attends un minimum d'efforts de sa part, vu qu'il finit par se lancer, on peut dire qu'en voilà un qui a pas peur des silences gênants. Il a la voix méga douce, je sais pas comment il fait, vu que, en ressenti, il a pas parlé depuis 1977. Ça devrait craquer comme de la vieille biscotte, mais non.

– Je m'appelle Haroun.

Sans déconner. Je veux pas donner l'impression de te détruire ton scoop, mais tout le monde sait que tu t'appelles Haroun. En tout cas, dans cette ville, et sans doute dans cette région, n'importe quelle meuf de plus de douze ans avec des yeux a checké ta tronche sur Instagram. Haroun, faut que je te dise, non seulement je sais que tu t'appelles Haroun, mais je suis aussi au courant que t'as dix-sept ans, que t'as une sœur de quinze piges qui s'appelle Myriam, que t'es en terminale spé maths, donc que t'es un grand malade, que t'écoutes de l'électro berlinoise, comme à peu près tous les êtres humains qui cherchent à être originaux en groupe, et que tu portes tes jeans droits, même que si tu veux mon avis, c'est une très bonne idée quand on regarde tes fesses. Si je te balançais tout ça maintenant, sans doute que tu flipperais un peu, et en même temps si tu veux pas qu'on te stalke, t'as qu'à pas foutre ta vie sur les réseaux.

Bon, non, je réponds pas ça.

– Kenza.

– Je sais.

Wait, what ? Ah bon ? Mais d'où ? Pardon, mais dans l'aquarium du lycée, je fais clairement partie de la catégorie plancton, en mode micro-crevette invisible qui flotte sans but, en attendant le jour béni où je me ferai bouffer par une baleine. Je vois pas à quel moment j'ai le roi-triton qui m'a calculée. D'ailleurs c'est pile cette question que je lis sur la tronche de Pia, qui me regarde depuis l'autre coin de la cour. C'est seulement à ce moment-là que je capte qu'on est plus du tout seuls autour des tables du lycée : la mare s'est bien repeuplée, la grande chaîne alimentaire va pouvoir reprendre son cours. Pia est à l'arrêt total, on la voit plus respirer, on dirait un opossum qui fait le mort, faut vraiment que j'agisse avant qu'elle se pisse dessus pour simuler l'odeur de la décomposition.

– T'es attendue, je crois.

Haroun montre Pia de la tête. Visiblement, elle le fait bien marrer, avec sa face de poule qui découvre que son poussin est en fait un canard, alors qu'il est déjà en train de faire des ronds dans l'eau.

Moi, je comprends qu'il va se barrer, et j'ai pas envie. Mais en même temps je m'attendais à quoi, à ce qu'on se marie, et qu'on vive dans la cour de Jaurès sous le préau à droite, entre la quatrième et la cinquième tables ? Faut que je le retienne, mais j'ai plus rien à dire, c'est la panique, il va retourner d'où il vient, dans ce pays lointain où vivent les gens beaux, et moi j'aurai loupé ma chance. Zéro idée. C'est bien la peine d'avoir le cerveau qui turbine à mille deux cents à l'heure si c'est pour être si peu productive. Je peux pas décemment ordonner à ce garçon de se rasseoir, du coup je lui envoie des ondes cérébrales pour lui donner envie de plus jamais me quitter. Je suis un très mauvais micro-ondes, ça marche pas du tout : je le vois s'éloigner au ralenti, comme dans un mauvais film, et je peux rien faire pour empêcher ça. Mais, quand même, il se retourne.

– Tu veux passer ce soir chez moi ? Avec ta pote si tu veux. Je fais un truc avec ma sœur, mes vieux sont pas là.

Ah ben ça…

– Alors, faut que je voie si la voisine peut garder ma petite sœur, mais si c'est possible, tout à fait.

Tout à fait, donc. Ça y est, j'ai officiellement cinquante ans.

Haroun me fait un sourire à tomber en gelée par terre, et puis c'est fini, tout reprend son air normal, le son revient dans la cour du lycée, juste à temps pour que je me tape les trois foutues notes du carillon. Devant moi, Pia est scotchée, on dirait qu'elle est empaillée. J'avance vers elle comme si j'avais pas tous mes organes qui chantaient les *Carmina Burana* à l'intérieur, mais peut-être que ça se voit un peu, vu que Pia me tend direct sa canette de Coca.

– Vas-y bois, t'es blanche, meuf.

Pia est complètement accro au Coca, elle en boit un truc comme quatre litres par jour, ça lui colle des aigreurs d'estomac et ça lui fait des trous dans les dents. Elle est tout le temps en train d'essayer d'arrêter, mais elle y arrive pas, et dès qu'elle diminue elle a les mains qui tremblent et elle se vénère sur tout le monde, une grosse junkie en pleine descente. Je me demande si ça existe, les buveurs de Coca anonymes. Faut vraiment que j'aie une sale gueule pour qu'elle me passe sa dose du matin, je dois être à huit secondes de l'AVC.

– Haroun, quoi. Putain.

Ouais. Je bois une gorgée qui a le goût du seum de toutes les autres meufs de la terre. Mate mes pattes : je viens de passer du plancton à la langoustine en moins de trois minutes.

6.

Et maintenant ce serait pas mal qu'elles s'activent, mes guiboles toutes neuves, vu qu'on avait maths y a approximativement cinq minutes, et que la prof est une nazie de la ponctualité. Tu croirais qu'elle a inventé la montre, tellement elle prend chaque micro-retard comme une offense perso, et je suis moyennement sa préférée, vu que la vie en ce moment, elle me facilite pas trop la précision. C'est que j'ai des histoires de lait grenadine à gérer et des jupons roses à paillettes à recoudre, moi, madame. Des vrais sujets.

Bon, si je suis honnête, c'est pas Assia qui me fout à la bourre tous les matins, vu que, déjà, sans elle je sortirais pas du lit, et que, en vrai, je crois que je suis née en retard. Littéralement, je veux dire : c'est comme si on m'avait pas larguée au bon moment : j'aurais dû arriver là genre, quinze minutes plus tôt, je vois pas d'autre explication. Il me manque un quart d'heure quelque part. Je sais pas d'où je débarque, mais je fais clairement pas partie de l'espace-temps du reste du monde. Et ça rend absolument l'intégralité des gens véners, comme si je faisais exprès de me pointer dix minutes à la bourre, comme si j'avais pas couru à me foutre les intestins en ratatouille, avec l'impression d'être une souris de Tex Avery, le genre qui pédale sur un tricycle en jonglant avec trois bombes allumées. À chaque fois, pourtant, je fais des efforts : je me dis c'est bon, cette fois, je suis bien, je calcule, comme j'ai l'impression que les autres font. Ça a pas l'air ésotérique, comme opération, de prévoir la prochaine demi-heure de ta vie. Mais à chaque fois, ça plante, y a toujours un truc qui déraille, un bus en retard, des clefs perdues, le congélo qui dégèle avec toutes les glaces qui coulent sur le carrelage de la cuisine, mon petit doigt de pied explosé sur le coin d'une table basse. Je sais pas si j'ai une malédiction au cul, mais franchement, j'arrive pas à capter comment je suis censée gérer l'imprévisible. C'est quoi, faut que j'ajoute une demi-heure à tous mes trajets, des fois qu'un piano à queue me tombe sur le coin de la tronche au prochain croisement ? Avec le bol que j'ai, y suffit que je le prévoie, le piano suicidaire, pour qu'y en ait deux au final.

Peut-être qu'il faut juste que je programme seulement un truc par jour, comme les vieux. Ma grand-mère, elle faisait ça : un jour, un défi. Lundi, c'était supérette, mardi c'était riz au lait, mercredi, c'était la sieste. Toujours la même chose. Attention, sensations. À la fin elle était tellement ralentie qu'elle avait le temps de faire qu'un truc par mois. Fallait que ce soit bien, du coup. La meilleure expérience supérette de ta vie.

C'est peut-être ça mon problème. Si ça se trouve je suis née avec un temps de vieux.

– Oh, tu bouges, oui ? Elle va nous défoncer, Gertrude.

Ok, ou alors j'ai un souci de concentration.

J'avais pas capté que Pia était en train de me tirer en travers du couloir vers la salle de torture. Sept minutes de retard. La porte est fermée. Miskine de la fin du monde. On pourrait avoir la meilleure excuse de la terre, genre avoir empêché un chauffeur pédophile de voler un bus plein de maternelles, elle comprendrait pas plus qu'on puisse louper autant de secondes fascinantes de notre vie. On frappe quand même, parce que peut-être que c'est pas si important de voir un jour nos seize ans. Elle ouvre la porte, tu sens qu'elle a envie de mordre. Franchement, ça me fatigue : quand je vois la bande de moules qui me regarde derrière elle, j'ai un peu envie de remettre le truc en perspective. Oui, c'est vrai, moi je suis tout le temps en retard, c'est pas très bien, mais sinon y a Oscar, qui bave à partir de midi en pensant à la purée à l'eau de la cantine, et Alicia, qui dessine de chatons au stylo rose, avec des grands yeux ronds et puis des ailes. Ou y a Thomas, sinon, qu'a l'air tout gentil tout doux, toujours un peu paumé, avec ses grands yeux bleus qui tapent un peu à côté, même que c'est tout à fait mignon. Sauf que, s'il te regarde pas vraiment le Thomas, c'est qu'il a un écouteur sans fil dans l'oreille droite, qui lui diffuse en continu la BO d'un porno hardcore directement dans le cerveau. Quand il regarde dans ta direction avec les grands yeux bleus de l'innocence, c'est qu'il t'imagine en train de faire des trucs, tu sais même pas que ça existe. Alors, bon, c'est peut-être pas la peine de trop me défonce avec la ponctualité.

Évidemment Gertrude, elle est pas d'accord, elle est pas au courant de tout ça, mais c'est pas moi qui vais lui balancer. Thomas, il vit sa vie, j'ai pas envie qu'il se fasse virer non plus, je reste juste autant que possible en dehors de son champ de vision. Du coup il me reste qu'à me faire vicos pour mes sept minutes de retard comme si je venais de passer sept ans au Tibet.

Elle fronce les sourcils, la mère Gertrude, tellement fort que je commence à avoir un peu peur que sa peau se déchire derrière les oreilles. Je te vois, Gertrude, savourer à l'avance la grande cérémonie du billet de retard, cette merveille administrative qui sert juste à te mettre encore plus en retard. Je comprends pas comment après des centaines de décennies de billets de retard, ils ont toujours pas capté que c'est le meilleur moyen de louper le plus de cours possible. En plus, les nôtres, ils sont verts, un vert qui a tout de suite l'air beaucoup moins chaud que le rouge des billets d'absence. Ça a complètement l'air de dire : vas-y c'est bon tu peux. Si vous voulez mon avis ça envoie pas le bon signal.

Elle en est toujours à froncer sa mère, Gertrude, comme si son visage était coincé dans la porte du bus. En face, t'as Pia qui veut se faire toute petite, mais meuf, si y a un truc que j'ai capté à la relativité, c'est que fallait pas te coller à côté de mon mètre douze si tu voulais avoir l'air d'un écureuil anorexique. Faut bien qu'y ait quelques avantages à avoir été appelée Atchoum toutes mes années collège, bah voilà : y a ça, et aussi on me range facilement, et on me nourrit à pas cher.

– Kenza. La CPE t'attend dans son bureau.

Je vais protester, j'ai même pas dix minutes de retard, et si elle commence à me punir en dessous des dix minutes réglementaires je vais plus jamais réussir à aller en cours, mais elle m'interrompt.

– C'est pas pour le retard. Vas-y, vite, s'il te plaît. Pia, tu vas t'asseoir.

D'accord, donc on a un vrai problème. La mère Gertrude qui t'appelle par ton prénom et qui te dit s'il te plaît à la fin d'une phrase, c'est pas la marche normale de l'univers. Dans ma tête y a du voyant rouge qui s'allume partout et des alarmes qui sonnent à fond les ballons, on veut savoir par où l'oxygène est en train de se barrer. Je vois le regard de Pia qui me confirme que c'est bien le moment de paniquer. Moi j'arrive à penser qu'un seul truc cohérent : nope. Pas encore. C'est bon, j'ai assez vu ça, ces regards vides, plantés au milieu de la tronche des gens, ces airs de pas savoir quoi dire, avec la pitié qui transpire de partout. Je sais ce que ça veut dire, franchement je connais, j'ai fait le tour, ça ira, merci beaucoup.

Je recule dans le couloir, en essayant de garder mes rotules à leur place alors qu'elles ont l'air parties pour rouler sur le parquet. Direction le bureau de madame la CPE, je sens plus mon estomac. Si mon corps se déconstruit à cette vitesse-là je vais jamais arriver au bout du couloir. Du coup j'avance tout doucement, en me concentrant très fort pour pas semer d'autres morceaux de viscères sur la route, mais peut-être en fait parce que j'espère mourir de vieillesse avant d'arriver dans ce bureau. Et, si je me concentre très fort, c'est surtout pour pas me rappeler la première fois qu'on m'a fait venir dans le bureau de la CPE.

Pas la même dame, mais qu'est-ce que ça change, rien ressemble plus à une CPE qu'une autre CPE, le même bureau, pas très beau, trop petit, où t'as affiché trois posters de prévention contre la drogue, qui te balancent des numéros verts pour causer dépression, ça date des années 90, tu connais la police par cœur à force de les avoir lus dix mille deux cents fois pendant tes heures de colle hebdomadaires, mais tu préférerais crever que d'appeler cette bande de bouffons formés à te répéter que tout va s'arranger, parce que toi tu sais que ça s'arrangera pas.

Quand je relève la tête, il me reste trois cents mètres de préau et je suis chez la CPE, mais à l'allure où j'avance, j'y serai pas avant demain matin. Faut que je fasse une pause : entre les points blancs qui me clignotent devant les yeux et les acouphènes ambiance chorale de baleineaux dans mes oreilles, j'ai l'impression d'être à un son et lumière. Les grandes eaux de Versailles, vu l'état de mon tee-shirt. Putain je savais pas qu'on pouvait transpirer autant, que quelqu'un m'apporte un verre d'eau ou je vais mourir déshydratée alors qu'il fait pas douze degrés.

Quand j'arrive à la porte, je sais déjà que je vais pas frapper. Y a pas moye. Je vais devenir tarée, si je dois encore rester plantée sur ma chaise pendant qu'une meuf que je connais pas, et qui arrivera jamais à être suffisamment désolée pour la circonstance, m'annonce une nouvelle fin du monde.

Je suis déjà partie en courant dans l'autre sens au moment où je comprends ça. S'il est arrivé quelque chose à ma petite sœur, je veux être là.

7.

J'ai fait demi-tour avant d'avoir vérifié que j'étais d'accord avec moi-même, direction le bâtiment F. C'est le bâtiment techno, on y apprend des trucs fascinants, comme l'écriture normalisée et la soudure des circuits imprimés dans la petite lampe de ta clef de voiture. Est-ce que les profs de techno vont automatiquement disparaître quand ils vont capter qu'elle sert plus à rien, la petite lampe, parce que depuis les années 90, l'intégralité des voitures s'ouvre de loin, avec un bouton magique ?

Est-ce qu'il va y avoir une grande vague de hara-kiri des profs de techno, et qu'on sera enfin débarrassés de ces heures à mourir de moisi, plantés sur des chaises face à un type qui t'explique en détail comment c'est fait le ciment ? Est-ce que ce sera la fin de la grande ère des profs de techno, et qu'ils vont doucement laisser leur place aux espèces plus adaptées ? On reconstituera leur squelette dans les musées, et les geeks du futur se disputeront sur la cause de leur disparition, et certains croiront qu'ils sont devenus des oiseaux. Peut-être qu'un vieux type très riche, avec une île au large du Costa Rica, les refabriquera à partir de leur ADN, et qu'il construira une grande réserve de profs de techno pour que les enfants puissent venir les voir manger des chèvres.

Putain, mais n'importe quoi.

L'avantage du bâtiment techno, c'est que c'est comme dans l'espace, t'as personne qui t'entend crier. Sauf qu'ici, c'est parce que tout le monde pionce comme des bébés.

Alors, une minute quand même, je sais pas si vous avez déjà vu un bébé, mais en vrai ça dort que dalle. Assia, les vingt-cinq premiers jours, c'est pas compliqué, elle les a passés à hurler sa mère, y avait rien à faire pour la calmer. Elle voulait pas manger, pas être posée, pas être changée, pas être secouée, elle avait pas chaud, pas froid, pas sommeil, elle voulait pas qu'on parle, pas qu'on lui mette de la musique, pas qu'on chante, mais pas qu'on se taise non plus. Une saloperie. Elle a dû dormir vingt-deux minutes en tout, les trois premières semaines, par tranches de huit secondes, sinon c'était trop reposant pour le voisinage. À la fin, ma mère était plus qu'une flaque, mon père tremblait comme une feuille, moi j'avais la peau grise comme du caillou, quand on arrivait à se croiser tous les trois, genre une fois toutes les deux semaines, ça faisait un très très beau jardin japonais.

Et puis le miracle. Un soir où j'ai capté que ma mère allait craquer et la filer à la SPA, j'ai embarqué Assia, qui hurlait depuis huit bonnes heures sans avoir besoin de reprendre son souffle, vu que cette enfant est une génie de l'apnée, et je l'ai mise avec moi dans mon lit. Je la pose là, je me retourne deux secondes pour chercher un truc pour protéger mes oreilles des hurlements de l'enfer, genre de la pâte à modeler, des tampons, une vieille boîte de pâtée pour chat, n'importe quoi, et là, paf, silence de mort. J'ai vérifié trois fois qu'elle respirait, mais rien, tout allait bien : elle me regardait tranquille, avec ses yeux qu'étaient déjà bien vert pistache, même si je me raccrochais encore à ce qu'on dit, que la couleur, ça peut changer jusqu'à deux ans, et que donc elle allait forcément finir par les avoir marron banal, comme moi. Elle me fixait, calme comme si elle avait jamais pleuré de sa vie, comme si elle voyait pas de quoi on parlait, et moi j'avais jamais rien vu de plus mignon que ce petit rôti de veau de deux kilos posé là, à me regarder comme si j'étais le plus joli spectacle qu'il avait vu de sa vie de deux minutes. Ma mère a débarqué en courant, en croyant que j'avais fini par la caler sous mon matelas. En nous voyant posées sur le plumard, toutes les deux à se regarder les trous de nez, elle est tombée à genoux sur la moquette.

On s'est méfiés, on a attendu qu'Assia redémarre, mais elle a jamais redémarré. Elle est jamais ressortie de ma chambre non plus. Déjà, on a attendu un moment pour la virer de mon lit : c'est qu'on avait passé trois semaines à trouver la config qui lui fallait, on allait pas tout foutre en l'air pour une bête histoire de quel futon est à qui. Alors les jours d'après, on traversait l'appart comme si c'était une plage de Normandie en juillet 1944, avec le minimum de pieds par terre, pour pas faire péter une mine, et moi je dormais sur un coin de mon lit de trente-deux centimètres de large, sur la tranche, en respirant un coup sur quatre. Forcément, je finissais le pif sur la moquette trois fois par nuit. Mais Assia pleurait pas, et tout le reste avait zéro intérêt.

Et puis en vrai j'étais un peu fière, vu que cette gosse, rien pouvait la calmer, même qu'on en était à envisager de lui foutre des boîtes entières de Valium dans son biberon de huit heures, mais qu'elle avait décrété que mon pieu c'était le meilleur endroit de la terre, surtout quand j'étais dedans. Ma petite sœur. Mais quand même, quand mon père a fini par installer un lit à barreaux dans ma chambre, c'était un peu Noël en juillet.

Personne m'a vue traverser pleine balle le bâtiment F, jusqu'ici, mon plan, ça se passe comme papa dans maman. Je double juste un petit cinquième, un mètre vingt-deux baskets comprises, le regard encore coincé quelque part dans le bus, et le billet de retard vert qui lui dépasse de la poche arrière. Le temps qu'il réalise qu'il a croisé quelqu'un de vivant, ce sera les vacances de la Toussaint, je suis bien.

Derrière les salles de techno, seuls les vrais savent, y a un trou dans le grillage, derrière un gros pot de bégonias. Il est là depuis genre des décennies, sans doute parce qu'un type a décidé un jour qu'il pouvait plus supporter les trois foutues notes du carillon, pas une demi-seconde de plus, et qu'il s'est barré au Kurdistan, sans jamais se retourner. Ou peut-être qu'un prof de techno a voulu échapper à sa triste condition avant le hara-kiri général. En tout cas, le trou est là, et on se refile l'info d'une année sur l'autre, entre initiés. Quelque part, c'est une sorte de confrérie du trou. Le nom est pas ouf.

Donc, si tu déplaces un peu les bégonias et que tu fais pas cent trente kilos, tu te faufiles là-dedans et tu te retrouves dehors, sans passer par la loge du gardien, et ses questions reloues sur les autorisations de sortie que t'as pas. La liberté. Par contre un grand pouvoir implique une grande responsabilité, et si jamais tu te fais gauler et que tu grilles le trou, tu fous en l'air le secret de vingt-trois générations de lycéens, et c'est clairement le dernier jour du reste de ta vie.

Vu mon mètre douze, je passe quasi debout, et le plus compliqué pour moi c'est de pousser les bégonias. Par contre derrière, t'as encore la haie de thuyas à passer, et je sais pas qui est le paysagiste sans race qui a un jour décidé que le thuya c'était le sommet de la classe de la haie, mais franchement, je te le dis, monsieur, le thuya c'est moche, ça pue, et c'est blindé d'araignées grosses comme des caniches nains. Donc le thuya, on est d'accord que c'est non, surtout que là j'en ai plein le nez, et que si ça continue à s'enrouler dans mes cheveux comme ça, je suis bonne pour la tondeuse, et sérieusement, je suis pas prête à revivre mes années coupe au bol. Ça me prend genre mille minutes pour me sortir de là, à moitié à poil à cause des branches qui me tirent sur le tee-shirt, en mode balance ton arbuste, à quatre pattes, et des épines plein les naseaux.

Je suis un génie du style, mais je m'en fous, parce que j'ai enfin atteint la terre promise, ékayhay la rue de la Poissonnerie, on a les lieux saints qu'on peut.

Il paraît que je cours vite, mais mal, c'est ma prof de sport de l'année dernière qui me l'a dit une fois. Elle m'avait grave dans le pif parce que j'avais voté contre la natation au premier trimestre, vu que faire des allers-retours dans une soupe de chlore, non merci madame, et j'avais convaincu toute la classe de choisir plutôt athlétisme. Sauf que la natation, c'est le paradis du prof de sport, qui peut garder son gros pull et rester là, posey, en regardant tranquillement ses élèves se noyer par moins mille.

Ça faisait trois mois qu'elle cherchait comment m'afficher pour se venger, je me rappelle encore sa tête après l'épreuve de sprint. Elle frétillait des fesses rien qu'à l'idée de dire que j'étais nulle et que j'allais me taper une moyenne en dessous de zéro.

Et puis elle a lu le chrono.

Elle a ouvert les paupières comme si elle avait besoin de trois mètres carrés d'œil en plus pour vérifier l'info qu'elle venait de lire, tellement elle était incroyable, et elle a lâché un petit « Ah, oui, donc tu cours vite, quand même » avec le même air que si je venais d'annuler Noël. Et puis elle a repris le contrôle de son visage, et elle m'a fait un sourire qui sentait bon la future vengeance qui se mange froide, et elle a envoyé la purée : « Mais qu'est-ce que tu cours mal. »

C'est vrai que je cours vite. Des vacances entières à fuir devant les cousins qui veulent vous faire manger du dentifrice par les narines, ça vous forge une femme. Du coup je suis déjà devant la Poste, et j'ai déjà cavalé la moitié du chemin jusqu'à l'école maternelle. Je dois avoir l'air un peu chelou, quand même. Les gens me fixent bizarre, comme si y avait un problème, alors je me dis que peut-être il me reste des feuilles dans la perruque. Je passe la main pour voir, mais je capte au passage que c'est pas ça, vu que j'ai les mains qui redescendent toutes mouillées : ça fait donc dix minutes que je cours le marathon de ma life en pleurant comme si on m'avait piqué ma barquette de frites, et j'avais pas remarqué. Bonjour madame la folle.

Du coup je calcule enfin qu'en dessous de mon délire sur les thuyas et les cours d'EPS, en fait j'étais en train de répéter en boucle le prénom de ma sœur, comme une prière pour qu'il lui soit rien arrivé, à Assia.

Ceci dit, je peux toujours essayer de prier, mais je sais pas trop à qui demander quoi, même si je serais grave partante pour marchander. C'est un peu hypocrite, vu mon rapport avec Dieu, qui a toujours été du genre relax, chacun tranquille dans sa chambre, un petit coucou de temps en temps en cas de contrôle surprise, et des fois, quand je veux un truc que je vais clairement pas réussir à choper toute seule. Le reste du temps, en vrai, on s'oublie un peu, je suis pas complètement sûre de croire à son existence. Et en même temps, ce serait bien qu'il le prenne pas trop mal, parce que je sais pas si, lui, il est tout à fait au courant que j'existe.

Et puis, depuis huit mois, on est carrément en froid, et je lui parle plus du tout, rapport au fait que j'ai passé une nuit entière à lui promettre tout ce que je pouvais en le suppliant de pas me laisser tomber, et lui rien, il a fait le mec qui entendait rien. Je sais pas si c'était l'heure de la pause, peut-être qu'il était parti pisser, mais depuis je me débrouille toute seule, et c'est très bien comme ça. Par contre, là, je suis prête à faire des gros efforts si jamais ma frangine survit à cette journée.

8.

C'est pile l'heure de la récré, et quand j'arrive au portail, j'entends la cloche sonner, une vraie sonnerie à l'ancienne, ça me rappelle quand c'était moi qui sortais en courant de la classe jaune, au fond, pour être la première dans la cage à écureuil. Je filais jusqu'en haut comme un lézard, à toute vitesse, j'étais la reine du monde, même que je crachais sur les retardataires en dessous pour les empêcher de grimper sur mon fort. La version moderne de l'huile bouillante.

Je sais pas comment aucun gosse s'est pété les huit dents de devant en tombant de ce truc, je veux dire, ça glisse, c'est haut, c'est en métal tout dur, à quel moment on se dit que c'est l'idéal pour faire jouer des mioches de trois ans et demi ? Quelqu'un a dû finir par s'en rendre compte, ceci dit, la cage à écureuil est plus là, on l'a remplacée par un truc genre arbre à chat avec de la corde, moins haut, plus safe, moins fun. Visiblement ça empêche pas les enfants de jouer à leurs versions cheloues de la roulette russe, ça fait pas trois minutes que ça a sonné et j'en ai déjà deux en plein cochon pendu sur une rambarde, genre douze mètres au-dessus du béton, pendant que t'en as un, sur la balançoire, on dirait qu'il essaie de faire des tours complets autour de la barre du dessus, tellement il agite ses petites jambes dans tous les sens : la pesanteur, ça lui fait clairement pas peur.

Tout a l'air hyper normal, et ça me calme un peu de les regarder faire leurs trucs, se tirer les cheveux, se piquer leurs jouets, finalement c'est pas si différent de ma cour de récré à moi. Même si c'est plus mignon, à cause de la loi de l'univers qui dit qu'on est toujours fan des modèles réduits, ça doit être les Japonais qui ont inventé cette règle parce que c'est eux les plus balaises en miniaturisation.

Ici, c'est le monde en plus kawaï, mais ici aussi, tu vois bien ceux qui commandent et ceux qui se font vicos, et ceux qui voudraient commander mais qui ont une déficience en charisme. Et puis les stars intégrales, qui flottent au-dessus de tout ça sans avoir à faire grand-chose, mais que le mystère de l'univers a décidé de placer au sommet de l'évolution, sans raison apparente.

Moi, quand j'avais quatre ans, j'ai monté une armée complète de nains de jardin pour qu'on se batte contre l'armée adverse, tout aussi nabotte, tout ça pour gagner l'amour d'Aurore, une petite section qui avait des cheveux longs et brillants et lisses, et qu'on voulait tous coiffer après la cantine. Je sais pas trop pourquoi cette passion générale, je crois qu'elle m'a pas parlé une seule fois de l'année, elle flottait juste là, sans rien faire, comme une divinité chinoise de quatre-vingts centimètres, et elle avait l'air de trouver ça complètement normal qu'une école maternelle entière s'entre-bolosse pour ses beaux cheveux.

Et sinon, ici, j'ai à peu près que des souvenirs de trauma. Genre la meuf de la cantine qui trouvait ça drôle de mélanger tous les restes dans une assiette, et qui la collait devant le nez du pauvre gamin qui avait eu la mauvaise idée de terminer ses nouilles au beurre en dernier, et qui lui faisait croire que c'était tout ce qu'il aurait pour son dessert. Ta meilleure blague, meuf.

Ou alors la piscine, que même à trois ans je savais que c'était mycoseland, et où je sais pas quel sadique s'était dit que c'était une super idée de nous balancer en janvier par moins vingt, sans penser une seconde que si tes trente mômes s'accrochent à leurs doudounes XXS en hurlant à la mort, c'est peut-être parce que c'est pas le bon moment de les flanquer à l'eau. En gros, ici, quand t'y penses, c'est un peu le goulag des moins de six ans.

Sinon, y avait aussi l'Affreuse Maîtresse, la maîtresse la plus folle de la terre, qui savonnait en scred la langue des enfants quand elle les entendait dire des gros mots, autant dire qu'on était la classe la plus polie de l'univers et de sa proche banlieue. Entre elle et moi c'était la guerre. Elle avait dû lire des manuels qui expliquaient que chez les gosses tout est joué avant trois ans, pensait que j'étais de la graine de terroriste, élevée pour attaquer à la racine les fondements sacrés de la laïcité de la France, et tout ça à cause d'un sapin en plastique.

Sauf que rien à voir.

Quand j'étais petite j'avais un sommeil en parpaing. Il me fallait un truc comme quarante-cinq minutes pour ouvrir un œil, le matin. Mon père, il avait lâché l'idée de me réveiller, il me prenait direct dans mon lit, et il me larguait en mode sac à patates à la table du petit-dej, devant mon bol de céréales, où je terminais tranquille ma nuit, en général en mâchonnant les yeux fermés. Ça va que je les mange molles, mes Chocapic, ça limite les accidents.

À la sieste, c'était pareil, je mettais des plombes à m'endormir, mais une fois que j'y étais, j'étais configurée pour pioncer deux cent mille ans, on pouvait inviter une fanfare pour le goûter que ça me tirait pas du lit. Et ça faisait bien rigoler les assistantes maternelles de l'école ma tronche de chiffon du réveil, et de me voir me prendre les meubles pendant deux heures après la sieste.

C'était peut-être mignon, mais c'était un gros handicap, on imagine pas. On pouvait absolument tout me faire quand je dormais. Et justement, c'est en dormant comme ça qu'un jour j'ai renversé le sapin de Noël de la classe. J'étais en demi-coma, comme d'hab, j'avais rien prémédité, rien senti, je me suis juste réveillée la tête dans les guirlandes à grelots et des paillettes plein le nez. J'ai compris qu'un truc allait vraiment pas quand j'ai vu la tête des gosses autour de moi, qui étaient tous assis sur leurs petits matelas, en mode troupeau de mangoustes avec les patounes devant et leurs yeux ronds comme des billes, avec une expression de fin du monde. Comme s'ils m'avaient trouvée en train de faire pipi sur le tapis, ou un acte de grosse rébellion du même style.

C'est-à-dire que ça tombait pas très bien, vu que quand elle était venue éteindre la lumière pour la sieste, l'Affreuse Maîtresse nous avait dit, avec une voix comme si elle nous regardait tous en même temps dans les yeux, de surtout bien faire attention à l'arbre de Noël.

Pourtant ça faisait déjà trois jours qu'il était là, l'arbre de Noël, et je crois que personne avait particulièrement manifesté de sérieuse envie de vandalisme. Je veux dire, on était des gosses de trois ans, pas une horde de castors enragés, y avait pas de raison qu'on s'en prenne particulièrement à la déco. Et puis il faisait sept fois notre poids, le machin, il aurait clairement gagné, même si on l'avait attaqué à plusieurs. Alors, pourquoi l'Affreuse Maîtresse y avait pensé juste là, je sais pas. Mais clairement, si tu voulais survivre à cet après-midi, y avait un seul truc à se rappeler, un truc qui paraissait assez basique : tu foutais la paix au tas de branches avec des clochettes dessus.

Elle avait l'air sérieux, l'Affreuse, tellement sérieux que mon pote Manu, qui dormait juste sous le sapin, en avait fait une petite bouffée d'angoisse. Il m'avait regardée avec ses grands yeux bleus, qui avaient le super pouvoir de lui donner l'air d'un bébé phoque sur une banquise qui fond, il avait même pas eu besoin de demander que j'avais déjà pris sa place, comme une princesse. Qu'est-ce qui pouvait arriver de toute façon ?

Génie de l'intuition.

Après ça, je me souviens de rien, juste de mon réveil dans l'odeur de sous-bois en plastique chinois. Quand j'ai capté ce que j'avais fait, rien qu'en pensant à la punition de l'espace que j'allais me prendre, j'ai fait une micro-attaque, en mode raton laveur tétanisé, impossible de bouger une patte, de crier, de fuir, je suis restée là, à gémir sous les ampoules qui clignotaient de toutes les couleurs, merci Darwin, cent mille ans d'évolution pour arriver à ce réflexe de survie nul. L'Affreuse est rentrée, sûrement appelée par l'odeur du sang, et dans une sorte de miracle elle a pas eu l'air de remarquer le truc. Ce qui, en fait, s'explique vu que moi, du fond de ma culpabilité sans fond, j'avais l'impression que j'avais défoncé à moi toute seule un séquoia géant centenaire dont les branches majestueuses allaient chatouiller le plafond, mais que vu mon poids de l'époque, la vérité c'était que ça devait sans doute plus ressembler à un bonsaï déplumé. Pendant quelques secondes, j'ai sérieusement cru que j'allais m'en tirer : elle allait faire demi-tour et ressortir, et moi j'allais me désemmêler du truc, ou sinon partir avec les guirlandes dans les couettes, et filer par la fenêtre de la salle de sieste, et tant pis si elle était au troisième étage. Je me jetterais sur la haie d'en bas, quitte à me péter les deux jambes, et puis je ramperais jusqu'à chez moi et je reviendrais jamais, j'aurais qu'à vivre dans la cave de mes parents et manger les moisissures du mur, fin de l'histoire.

Sauf que non : au moment où la porte se ferme, la petite voix de la trahison se lève depuis un des matelas, et poukave : « Maîtresse, y a Kenza qui a renversé l'arbre de Noël. » J'ai même pas eu le temps de me retourner pour capter qui était le mini-collabo, l'Affreuse m'avait déjà chopée par l'oreille pour me traîner à son bureau, et me faisait un procès comme si je m'étais lancée dans une carrière de terroriste politique. J'ai passé la fin de l'aprem à chouiner, terrorisée, alors qu'elle essayait de voir si j'avais fait exprès de flanquer l'esprit de Noël par terre, en me posant plein de questions pièges sur comment on passait les fêtes à la maison. Peut-être qu'elle essayait juste de faire la conversation, mais en vrai je crois pas, en plus elle a été virée deux ans plus tard.

Mais là ça fait au moins trois minutes que je regarde les mômes sortir de la classe en courant comme s'ils fuyaient une éruption volcanique, et toujours pas d'Assia. J'aime pas. Combien il peut y avoir d'enfants par classe dans cette maternelle, ils sont au moins un demi-million dans la cour, ça m'étonne pas que les profs disent qu'ils manquent de moyens. Je vois toujours pas ma sœur. Je commence à avoir l'air bizarre, plantée là derrière les grilles avec ma tête de panique, je vais finir au poste, si ça continue.

Mais tout à coup : elle est là. Plantée devant moi, je sais pas d'où elle a débarqué, elle me regarde par en dessous, en même temps c'est normal, vu la hauteur de ses yeux, mais moi je sais bien que ça veut dire qu'elle est pas très contente.

– Encore ?

Oui, non, parce que c'est pas tout à fait la première fois que je lui fais le coup de l'angoisse, ces derniers mois. En vrai, ça m'est arrivé pas mal de fois, récemment, d'avoir besoin de passer vérifier qu'elle respirait toujours, paraît que c'est normal après ce qu'on a vécu, mais quelque part, je comprends que ça la saoule. Elle a autre chose à faire que me prouver qu'elle est pas morte toutes les dix minutes. De toute façon, là, je suis tellement contente de son existence, à ce bout de truc, que je me fiche bien qu'elle m'engueule avec sa petite voix d'elfe de maison.

– Tu fais quoi ? Tu vas encore pas en cours ?

Elle me regarde comme si elle allait me flanquer une fessée, franchement j'aimerais pas être ses enfants plus tard, mais au final je m'en fous : elle va bien. Et son air de petit troll furax est vraiment trop mignon, j'ai l'impression de me faire gronder par un hamster nain véner. En même temps, je sais pas trop quoi répondre. J'ai un peu l'idée que : déso ma puce, j'ai eu le pressentiment que t'étais passée sous un bus, c'est pas une phrase super validée par les livres sur l'éducation. Alors j'improvise.

– Je... La prof de sport était pas là.

N'importe quoi, on dirait une vieille excuse pour daronne, dans deux minutes je vais lui dire que mon chien a mangé mes devoirs. Assia hausse les sourcils, elle a l'air à un doigt et demi de m'envoyer dans ma chambre pour les deux prochains mois.

– Mais pourquoi t'es venue ?

J'hallucine ou elle est en train de regarder autour pour voir si les autres nains nous ont repérées ? C'est quoi, elle a honte de moi ? C'est plus à treize ans, l'adolescence ? Est-ce que maintenant elle va vouloir que je lui lâche la main à trois cents mètres de l'école ? J'ai pas la thune pour un scooter, je te l'annonce, frangine.

Mais en vrai, je réalise qu'elle m'a posé une question et que j'ai pas trop la réponse. Parce que si je la laisse penser que je me suis pointée pour rien, elle va finir par porter plainte contre moi pour harcèlement de petite sœur. Mais je vais pas non plus lui raconter mon invitation chez la CPE de ce matin, parce qu'elle est pas plus bête que moi, Assia, et elle captera très bien ce que ça voulait dire en termes de sale nouvelle. Et si on veut m'annoncer une sale nouvelle, et que de son côté ça va, il reste pas beaucoup de solutions, même à cinq ans elle sait compter jusqu'à trois. Je sais pas ce que je vais trouver en arrivant à la maison, mais je veux bien acheter à ma sœur deux heures de bonheur en plus, si c'est possible.

– Non mais rien. Je voulais juste dire… si tu veux ce soir je fais venir Pia, on fait des crêpes ?

Assia s'allume à l'intérieur, on dirait une lampe de chevet. Je la connais, je sais qu'elle est pas dupe mais j'ai prononcé les deux mots magiques : Pia et crêpes. Assia adore Pia, elle la trouve trop belle, trop cool, trop gentille, trop bien habillée, elle veut lui ressembler quand elle sera grande, et comme je veux pas qu'on me prenne pour une jalouse, j'évite de lui faire remarquer que pour l'afro, ça sera sans doute un peu compliqué.

Et puis sortir les crêpes, c'est carrément déloyal, vu que cette môme tuerait toute sa famille à la râpe à gruyère pour deux crêpes crème de marrons. Alors Pia *plus* des crêpes, la pauvre, je lui laisse pas beaucoup de chances, et même si elle sait très bien que je suis en train de l'acheter, elle décide que, là tout de suite, c'est pas du tout important. D'ailleurs ça sonne la fin de la récré, ce qui veut dire la fin de ma séance de danse du ventre de la diversion, je peux recommencer à respirer.

– Ok. À toute.

Elle a l'air presque pas surexcité. Elle bluffe tellement hyper mieux que moi, je sais pas comment elle fait. Elle prend le large, avec son air de papesse qu'en a vu d'autres, et en la regardant partir, pendant deux secondes, j'imagine notre carrière fulgurante sur les réseaux de poker en ligne : je lui lis les chiffres, elle s'occupe de plier le game, complémentarité maximum. Elle va bientôt disparaître dans le tas d'enfants qui grouille sous le préau, mais je la rappelle, histoire de rigoler un peu :

– Hey ? Un bisou ?

Elle me fait une grimace, et elle prend même pas la peine de répondre. Elle est golri, un peu, ma petite sœur, alors je me marre. Et puis j'arrête, parce que je me retrouve plantée à la grille, à me dire que moi aussi j'aimerais bien avoir cinq ans, l'Affreuse Maîtresse et la cantine en moins, j'aurais pas besoin d'aller voir toute seule la cata qui m'attend chez moi, et qui me fout déjà mal au bide d'angoisse.

Qu'est-ce que t'as fait, maman ?

9.

C'est pas hyper long entre l'école et la maison. Assez long pour lister tout un tas de cataclysmes qui ont pu arriver à l'immeuble, inondation de boues toxiques, rats zombies, invasion de mouches létales du Mexique, champignons mangeurs d'homme, sitting de vampires du Rassemblement national… Tout, pour pas penser au truc qui est peut-être vraiment arrivé, et qui fait peut-être vraiment peur. Mais je vais pouvoir la remballer bientôt, ma liste de monstres en plastique.

Avant de tourner au dernier coin de la dernière rue, j'ai un moment où je me dis que je peux aussi rester là, dans cet univers merveilleux où je suis au courant de rien. Si je veux, je bouge plus, et il est rien arrivé. Je suis pas si mal, finalement, sur mon bout de trottoir de Schrödinger, pourquoi est-ce que j'y passerais pas le reste de ma vie ? Est-ce que les gens qui vivent dans la rue, c'est parce qu'à un moment ils ont décidé de supprimer le destin en s'asseyant par terre ?

J'ai pas le temps de trancher là-dessus, parce qu'en vrai, je les vois maintenant, j'ai les pompiers en bas de chez moi, avec le gyro qui tourne et tout, et je le sais déjà, que c'est pour ma gueule. Double miskine.

Putain maman, t'as fait quoi ?

Ils sont cinq, les pompiers, en train d'embarquer un brancard, et d'un coup je vois plus que ça, le brancard, et sur le brancard, plus que prévisible, y a ma mère, elle a les yeux fermés, et un masque sur le nez pour lui filer de l'oxygène, alors je me dis : au moins elle respire, elle est là, même si elle a les yeux fermés, on continue à lui souffler de l'air dans le nez, ça veut dire qu'il y a encore un peu de ma mère là-dedans. Les mecs comptent jusqu'à trois pour la monter dans le camion, comme si y avait de quoi se préoccuper du poids de souris anorexique de ma mère, ça fait un bruit de métal, les roues sur le fond du truc, ça devient instantanément mon nouveau bruit de l'enfer, je sais que je vais entendre ça la nuit pendant mille deux cents ans, merci beaucoup maman.

En ressortant du camion, le pompier avant gauche me repère sur le trottoir d'en face, ça doit se voir à ma tête que je suis pas une touriste en mal de sensations, parce qu'il vient direct me retrouver, avec l'air moisi du mec qui voudrait te faire un câlin, mais qui se doute que ce serait déplacé de se lancer là-dedans avant de te demander ton prénom.

– Vous connaissez cette dame ?

Attention, question piège. Dans ma tête ça argumente sévère, y a du pour, y a du contre, et tout le monde déballe ses arguments en même temps, on dirait l'ouverture des soldes devant une boutique de sneakers. Forcément, du côté du oui, y a que j'ai toujours eu envie de monter dans un camion de pompiers. Quand je secoue la tête, j'ai même pas encore compris que c'est le non qui a gagné. Je peux pas me lancer là-dedans, aller à l'hôpital, laisser tomber ma frangine à la sortie de l'école, toute seule, sans ses crêpes ni sa mère, et puis après quoi ? Ma mère, elle mange liquide depuis bientôt huit mois, elle est en train de terminer sa métamorphose en cholestérol, qu'est-ce que je crois, qu'ils se rendront pas compte, en la réveillant, que son corps est composé à quatre-vingts pour cent de Martini ? Jamais ils la laissent récupérer Assia. Alors non, pompier, je connais pas cette dame.

Le type plisse un peu les yeux, il sait pas trop s'il doit me croire, et je le comprends parce que, pour une meuf qui connaît pas la dame, j'ai quand même l'air un peu aux fraises.

– Elle dit qu'elle a une fille, qui doit avoir à peu près votre âge. Kenza Boucherit, elle vit dans cet immeuble. Ça vous dit quelque chose ?

Je fais genre je réfléchis un peu, parce que si je réponds trop vite ça va faire louche, mais je secoue la tête, encore.

– Non, je vois pas non.

Je sais pas pourquoi j'ai parlé tellement fort. J'ai l'impression que ma voix résonne sur tous les poteaux jusqu'au bout de la rue, un truc à faire décoller d'un coup tous les pigeons du voisinage, déso d'avance à ceux qui vont se les bouffer à vélo. Je checke en panique le fond du camion, mais c'est noir, c'est plein de fils, et j'arrive pas à voir si ma mère a entendu, ou même si elle est réveillée, et je flippe un peu parce que je suis pas sûre que ça lui donne de quoi s'accrocher à la vie, là tout de suite, cette grosse trahison de sa fille aînée. Est-ce qu'elle comprend que c'est pas contre elle ?

– Vous êtes sûre ?

Le petit pompier a l'air de capter qu'il se passe des trucs dans ma tête, je sens bien qu'avec ma tronche de lapin shooté au Valium il est à trente secondes d'appeler Brigitte Bardot, faut que je le rassure, et vite. Je sors mon sourire tout terrain, le sourire : un bulletin, quel bulletin ?, et : bien sûr que c'est pour réviser, y aura ses parents, là, tout de suite, on dirait que j'ai soixante-deux dents.

– Oui, désolée.

Et hop, c'était sympa les copains, je glisse. Mais little pompier a pas l'air d'avoir envie de lâcher le steak.

– Attendez…

Il chope un bout de papier dans sa poche, une boulette de ticket de caisse qu'il déplie, pour écrire dessus un numéro de téléphone au crayon.

– Si vous avez un problème, vous appelez d'accord ?

Oula, du calme, pervers-pompier, je suis de la génération internet post-MeToo moi, je suis au courant que c'est pas parce que t'as l'air d'un gentil pompier que t'es pas un prédateur sexuel, j'ai vu plein de vidéos là-dessus. Et je sais très bien faire semblant de savoir faire du krav-maga.

En vrai, quand tu le regardes, le type est pas bien grand, il a vraiment pas l'air très méchant, alors oui je sais que ça se voit pas forcément à l'œil nu, et que j'ai pas un connaromètre infaillible implanté dans le cerveau, mais quand même, j'ai l'impression que c'est un peu son deal : tu prends le truc, tu dis merci, et je lance pas la BAC à tes trousses dans dix minutes. Alors je prends, et je dis merci.

– Moi, c'est Eli.

Non mais il croit quoi, que je le vois pas venir avec son piège grossier ? Tu veux pas creuser un trou et mettre des feuilles par-dessus, non plus, tant que t'y es ? Des idées de prénoms, c'est pas le plus compliqué à trouver, y en a plein, tu peux même les inventer. Rien que dans ma classe, y a quatorze prénoms qu'existaient pas avant les gens qui les portent.

Mais là, je sais pas pourquoi, tout ce qui me vient, ça a l'air complètement faux, d'un coup. Si je lui sors Chloé, il va voir que c'est le premier truc qui m'est passé par la tête, vu que j'en connais vingt-deux, des

Chloé. Mais si je veux taper dans les trucs plus originaux, ça se voit que je viens de les inventer. Laticha, ça existe ou pas ? Et puis sinon, tout ce qui me vient, c'est des prénoms, on dirait que c'est celui de ma mère, tellement ça fait années 90. Virginie ? Est-ce que j'ai une tête à m'appeler Natacha ? Et sinon, bled ou pas bled ?

– Mélodie.

Pourquoi pas. C'est sorti tout seul. Le type a pas l'air de tiquer particulièrement. Va pour Mélodie.

Je prends le bout de papier chiffonné, il me fait un petit sourire gentil, et il file rejoindre ses copains les gros bras dans le camion qui emmène ma mère. Et c'est fini. Tout d'un coup, c'est comme si la ville était vide, le silence des profondeurs, comme si au loin, sans prévenir, un barrage avait cédé quelque part et que Clermont avait été engloutie sous l'eau, pour devenir une ville de poissons, avec des coraux géants qui poussent sur la place de Jaude, et des baleines à la place des autobus.

10.

Tout ce bonheur, ça pouvait pas durer, évidemment, et je suis repérée par la voisine du dessous qui me fait des signes depuis l'autre côté de ma petite piscine privée, sur son palier. Elle dit un truc mais comme elle parle sous l'eau, la pauvre, c'est pas très clair. Appel d'urgence à mes oreilles, j'ai besoin qu'on se remette en marche viteuf ou je vais finir à l'hosto dans une chambre capitonnée avec la daronne.

– Comment ça va, Kenza ?

Ben, je sais pas, la fête, et toi ? La famille ? La meuf vient de voir cinq pompiers embarquer ma mère dans un camion qui clignote comme un vaisseau spatial des années 70… t'as cru quoi, qu'on lui avait payé un spectacle de chippendales ? Là, au moins j'ai pas besoin de sourire, vu l'ambiance, elle s'attend pas à ce que je lui fasse un numéro de claquettes en chantant *Y a d'la joie*. Je vais me mettre en effort minimum et hausser les épaules, ça ira bien comme ça. Mais en voyant que je vais prendre l'escalier, elle me coince.

– C'est le lycée qui t'a prévenue ?

Je lui fais un signe qui veut dire : comprends ce que tu veux, et j'essaye de la contourner pour monter chez moi, mais elle insiste.

– C'est moi qui les ai appelés. Quand j'ai trouvé ta mère, elle n'arrêtait pas de répéter qu'il fallait te prévenir, et puis s'occuper d'Assia. Je pensais pas qu'ils te laisseraient partir du lycée.

– Elle vous a parlé ?

– Au début, elle était un peu confuse mais oui elle me parlait… et puis après…

Elle s'arrête là, parce qu'elle trouve pas les bons mots pour me dire que ma mère est tombée dans les vapes, mais, en vrai, je le sais : je l'ai vue. Je voudrais monter, maintenant, ou je vais me mettre à pleurer sur son paillasson et vraiment, j'ai pas envie. Mais visiblement madame la Voisine a quelque chose contre le fait que je rentre chez moi, c'est louche, peut-être qu'elle veut vendre l'appart de ma mère en scred et qu'elle a organisé des visites cet aprem. Ou alors elle est en train de couvrir un cambriolage, et c'est la *Casa de papel* dans le salon, en tout cas elle en est presque à me retenir par la manche.

– Tu sais, ça va aller, hein. Les pompiers ont dit qu'elle allait très bien s'en tirer.

Signe de tête. Qu'est-ce que tu comprends pas, enfin, ça fait dix phrases que je te réponds pas, là. Je veux pas faire ma vie sur ton palier, adopte quelqu'un d'autre !

– Tu vas aller chercher Assia ce soir ? Vous allez où après ?

– Ma tante doit venir ce soir, je pense qu'elle nous emmènera chez elle ensuite.

J'adore recycler un mensonge, la culpabilité est compensée par la satisfaction d'être une écolo de la mythomanie. Mais maintenant, je vais monter cet escalier, m'enfermer dans le placard de ma chambre et réfléchir à comment annoncer à ma sœur que sa maman sera pas là ce soir. Remarque, ça fait un moment qu'elle est plus trop là, ça la changera pas beaucoup, c'est l'avantage.

– Tu es sûre que tu veux monter, là-haut, c'est…

Elle me bute. Je *vis* là-haut ! Crois-moi, je sais qu'on a des champignons dans la baignoire et qu'on fait plus la diff entre le frigo et la poubelle, t'inquiète, je vais commander des pizzas.

– Je vais ranger avant d'aller chercher Assia à l'école. Merci !

Bon, ceci dit j'avais pas prévu la porte d'entrée défonce à coups de bélier par les pompiers, il en manque la moitié, ça fait un peu drôle. Et derrière aussi, c'est un peu la guerre du Vietnam. On a poussé les meubles pour passer le brancard, y a des traces de bottes partout sur le lino, et un verre explosé par terre. Joie. J'ai une impression de bizarre, comme si tout ce qui s'est passé pendant que j'étais pas là avait intégralement changé la pièce, comme si c'était pas le salon que je connais, et pourtant j'arrive pas à dire ce qui est pas pareil que d'habitude.

Comme si on avait ouvert une brèche interdimensionnelle, et qu'on avait remplacé toutes les molécules de chez moi par des molécules venues d'ailleurs, qui auraient la même tronche, la même consistance, la même couleur un peu moche, mais en version cheloue. Je vois pas trop l'intérêt scientifique de faire ça, ceci dit. Mais je suis qui pour juger…

Je sais pas pourquoi, sans vraiment y penser, je sors mon téléphone, et je prends une photo du bordel général. Peut-être parce que j'ai l'impression d'être déjà dans une photo, ce genre de tofs arty en noir et blanc, qui te montrent un endroit juste après que quelque chose est arrivé, tu sais pas quoi, tu vois juste le résultat. Tu sens que tu débarques après la bataille et qu'un truc grave vient de se passer, et que le vide qu'on te montre, il sent encore le neuf, comme si tous les personnages d'un film étaient partis d'un coup en laissant l'histoire en plan. Chez moi c'est vide comme ça, le trop vide après le trop-plein. La photo est pas mal, j'hésite à la poster sur Insta, en mode #MamanSuicidaire.

C'est sur la photo que je repère le truc, qu'est pourtant en plein milieu de la pièce et que j'ai pas vu en entrant, comme si mon cerveau avait censuré la réalité trop moche : la bouteille renversée, et les plaques de médocs ouvertes, trois plaques complètes, dix-huit gélules, elle a gobées, ma mère, pour être sûre de pas nous voir ce soir.

D'un coup ça me rend complètement folle de rage cette idée, j'ai envie de lui hurler qu'elle est qu'une sale égoïste, et qu'elle a pas le droit de nous faire ça, à Assia et moi, nous laisser derrière, nous laisser nous démerder sans elle, comme si y avait qu'elle qui avait du chagrin, qu'elle a pas le droit de me laisser réparer toute seule le petit cœur brisé de ma si petite sœur, mais je me doute que si j'appelle l'hôpital pour l'engueuler, y a assez peu de chances qu'on me la passe.

Alors, pour me venger, je prends ce que je trouve, et je le flanque par terre, son vase qu'elle a rapporté d'Italie, ses figurines de chat en cristal qui font des très jolies petites explosions quand elles s'écrasent sur le mur d'en face, et puis je récupère sa putain de robe de chambre en viscose imitation soie qu'elle a pas enlevée depuis six mois, et qui traîne sur le canapé, comme si ma mère avait muté en papillon et qu'elle s'était envolée en nous laissant sa mue dégueulasse. Eh ben voilà, par la fenêtre la robe de chambre, c'est très joli de la regarder planer depuis le cinquième étage.

D'avoir achevé le salon, moi, ça m'a bien détendue. Et puis maintenant j'ai un truc à faire avant que ce soit l'heure d'aller chercher Assia à l'école. Je chope les gants de ménage et des sacs-poubelles cinquante litres, et je mets du reggaeton à fond, et tant pis si ça choque la voisine.

11.

– Quelle heure ?

J'ai pas encore fini ma phrase qu'elle prend les choses en main. Pia c'est une vraie copine. Je l'ai su tout de suite, à la minute où je l'ai rencontrée, le premier jour de CP. Je faisais la rentrée toute seule, parce que mes parents trouvaient ça hyper essentiel de valoriser l'indépendance de leur fille de six ans, peut-être aussi, si tu lis entre les lignes, parce qu'entre mon père au garage et ma mère aux ménages, c'était compliqué de poser des jours, et qu'y avait pas beaucoup de monde pour me tenir la main, du coup. On m'avait bien félicitée d'être une grande fille, et puis on m'avait déposée devant la grille à huit heures, en me répétant de pas parler aux inconnus, même si j'avais fait remarquer que c'était un peu chelou, comme interdiction, vu qu'on était en train de me larguer devant une école où j'avais jamais vu personne. Mais mon père m'avait gentiment proposé de pas faire ma maligne, alors j'avais pas insisté. En y repensant, j'avais un peu de mal à comprendre la différence entre les inconnus autorisés par la loi, et ceux qui étaient complètement interdits sous peine de privation de dessert, le sommet de l'arsenal de répression paternelle, vu que ma passion numéro un dans la vie, c'était déjà le chocolat.

J'avais tranquillement regardé arriver tous les gosses, en attendant que la journée commence, et j'avais découvert, un peu étonnée, que j'étais peut-être la seule môme assise toute seule sur un banc de la cour. C'était blindé de parents. On m'avait tellement répété que maintenant j'étais plus un bébé que je m'y attendais pas, et ça m'avait scotchée de voir ces garçons qui faisaient deux fois ma taille, et qui s'agrippaient à leur maman, comme si dehors c'était l'espace intersidéral. En vrai, j'étais un peu fière de moi, d'être là toute seule, à la grande école, et je prenais des airs de duchesse sur mon banc, en regardant les autres mômes de six ans qui avaient de la morve au nez jusqu'aux chaussettes : une bande de faibles. Moi j'étais de la race supérieure de ceux qui sucent plus leur pouce, déjà prête à expliquer la vie autour de moi, en mode prophète de la vérité qui te démontre par A plus B que la petite souris, c'est du bullshit.

Il m'a fallu trois minutes en tout pour tomber de toute la hauteur de ma suprématie de mini-nazie. À neuf heures deux, tous les profs se sont mis en rang devant les classes, et ont commencé à faire l'appel pour que les élèves se rangent devant eux deux par deux.

En même temps.

Rien que pour les CP, y avait quatre classes, c'était donc parfaitement pas possible d'écouter tous les appels en même temps, et j'ai passé cinq bonnes minutes à me demander ce que j'avais pas compris, et comment les autres avaient l'air de savoir à l'avance quel prof allait prononcer leur nom. Est-ce qu'ils savaient tous lire l'avenir ? C'était quoi, ici, Poudlard ? C'était où, du coup, pour s'inscrire à l'option licorne ?

Et puis j'ai fini par comprendre. En fait, y avait des listes de noms affichées sur la façade de l'école, et tous ces gosses malins qui avaient pensé à amener leurs mères, ils savaient à l'avance où aller, parce qu'elles avaient trouvé leur liste avec l'aide de leurs yeux de meufs qui savent lire. À quel moment les mecs se disent : allez, on organise une rentrée avec des gens de six ans, on va écrire quoi faire à tous ces gosses qui connaissent pas encore l'alphabet, et ça va bien se passer ? Naïveté ou méchanceté, je sais pas, mais moi, j'avais appris à déchiffrer la lettre B deux jours avant, et là j'étais pas équipée. Ça avait pas l'air d'être le moment d'interrompre les instits, ils étaient très occupés à mal prononcer les prénoms des gamins face à eux, que si tu les joues au Scrabble tu gagnes en deux coups, sous le regard véner des parents, vu que c'étaient eux qui avaient choisi d'appeler leur gosse comme un exercice de prononciation.

Moi je me suis mise à faire des allers-retours en panique entre les classes, histoire d'essayer de tomber pile par hasard au moment où quelqu'un dirait mon nom, sans calculer une seconde qu'on avait déjà dépassé Boucherit depuis vingt bonnes minutes parce que la notion d'ordre alphabétique était pas encore super claire dans ma tête. Au troisième tour de cour de récré, j'ai la langue aux genoux, le cœur qui me sort par les trous de nez, et envie de crier que je suis pas un cochon d'Inde, mais j'ai toujours pas trouvé ma classe. Et pire que tout, la maîtresse du CP3 se met à crier que l'appel est terminé et commence à embarquer ses élèves, et je vois bien que pour le CP2 c'est l'heure moins deux minutes.

Et là je mesure l'étendue du désastre, que ça y est, j'ai loupé le train, j'ai raté mon entrée en CP, et que je vais pas avoir de place dans la classe, et du coup je vais pas apprendre à lire et à compter, et donc pas pouvoir passer en CE1 ; et que je vais devoir mentir à mes parents en faisant semblant d'aller à l'école tous les matins, en fabriquant des faux bulletins trimestriels, et que je vais passer mes journées à traîner derrière l'école même les jours où il neige, en faisant style de passer toutes les classes jusqu'au bac, et puis finir par devoir tuer tout le monde pour qu'on découvre pas mon terrible secret.

J'en étais là du raisonnement et ça devait se voir sur ma tête, parce que j'ai vu apparaître devant moi un tas de nattes, avec des perles nacrées qui se balançaient au bout, et en dessous ce qui devait être la petite fille la plus stylée du monde, avec des grands yeux noirs qui regardaient pas tout à fait dans le même sens, qui s'est plantée face à moi au moins cinq secondes avant d'ouvrir la bouche.

– Pourquoi tu pleures ?

– Je pleure pas.

Ça va, c'est pas parce que c'était la queen du style des moins de huit ans qu'elle pouvait balancer des fausses rumeurs sur ma gueule, du genre que j'étais sensible ou que je possédais des glandes lacrymales.

– Toi, t'es Kenza ?

Là, pour le coup, elle m'avait eue. J'ai hoché la tête, un peu sonnée, alors elle m'a pris la main comme si on se connaissait depuis approximativement toute notre vie, et elle m'a tirée derrière elle jusqu'à la bonne maîtresse, la dame sans aucun doute merveilleuse qui allait m'apprendre à lire, et donc m'éviter mon destin tragique de tueuse en série.

Pendant au moins cinq ans, après ça, j'ai évité d'énerver trop Pia, parce que je pensais qu'elle avait des pouvoirs surnaturels, vu comment elle avait deviné qui j'étais comme ça, à partir de rien, jusqu'à ce qu'un jour elle m'explique qu'elle avait juste entendu que j'étais la seule absente de la classe, et que vu ma tronche de moineau mouillé perdu au milieu de la cour, c'était pas bien compliqué de deviner qui j'étais. Fin de mon enfance.

J'ai quand même bien compris tout de suite qu'à côté d'elle mes chances de survie étaient multipliées par mille, alors je l'ai plus quittée de la journée. Ni jamais, en fait.

Pia, c'est ma pause yoga, sans les collants de pétasse et sans le quinoa, comme un grand bol d'huiles essentielles lavande camomille au petit-dej.

C'est peut-être parce que j'ai le cerveau de Bip Bip sous acide que je suis tout le temps en panique. À chaque fois qu'il se passe un truc, mais un tout petit truc, genre je rate un bus, ou un type me regarde un peu trop dans la rue, dans ma tête ça se met à se dérouler comme un rouleau de PQ qui dévale les escaliers. J'imagine toutes les conséquences du truc, et aussi toutes les conséquences des conséquences du truc, tous les milliards de milliards de possibilités générées par ce truc, et tout d'un coup ça me rappelle la théorie des multivers qui dit que, pour chaque choix qu'on fait, y a un univers qui se crée, et qui continue en parallèle de nous, un univers où on a fait un choix inverse, et rien que cette idée de ce tas d'univers parallèles, de toutes ces moi multipliées qui vivent des trucs parallèles dans des mondes parallèles, toutes ces chances parallèles pour que ça parte en couille, ça me fout un vertige pas possible, et je me retrouve en boule, à me balancer d'avant en arrière en tapant ma tête contre le mur, et y a plus qu'à espérer qu'il y ait pas de crépi dans la pièce où j'ai commencé mon délire.

Si on me laissait faire, je passerais ma vie à courir en rond les bras en l'air. Pia, elle est née prête à tout, y a jamais rien qui l'angoisse, alors forcément, moi ça me repose. C'est le genre de meuf, si tu lui annonces une invasion de zombies dans dix minutes, elle va regarder autour d'elle et desceller calmement une latte de parquet pour fabriquer une arme létale avec. Pia, c'est la palme d'or du self-control pour l'ensemble de son œuvre. Quoi qu'il arrive elle avance, elle se laisse pas surprendre, elle prend le machin dans l'ordre, sans trop se poser la question du résultat final. Elle envisage jamais que les choses peuvent mal tourner. Ça la rend un million de fois plus efficace que moi, parce que moi, il suffit que je voie une banane dans un panier de fruits pour imaginer qu'un type pourrait la manger et jeter la peau par la fenêtre, sans faire gaffe à où elle tombe, et que Kim Jong-un, en vacances dans le quartier, pourrait la prendre dans la tête et que ça déclencherait une guerre atomique avec la France. C'est pas *absolument complètement* impossible que Kim Jong-un ait envie de visiter Clermont.

Et pendant que je suis occupée à penser à ces trucs hyper utiles, Pia, elle, elle bouffe la banane. Pour me consoler d'être une moule, elle me dit que c'est juste qu'elle, elle manque d'imagination.

Mais moi je lui vendrais bien mon stock en trop en échange d'un peu de tranquillité dans ma tête. Parce qu'à force d'imaginer tout le temps le pire, j'ai jamais appris à plonger, je sais pas faire du patin à roulettes, j'ai même jamais osé l'ananas sur la pizza, alors que Pia est allée en Italie en stop à treize ans, et qu'elle arrête pas de pécho en chantant méga faux au karaoké du coin de la rue. Alors même si des fois elle se plante en décidant de se raser la tête, je crois que je préférerais lui ressembler un peu plus.

Pia elle a toujours été là pour me sauver les fesses, avec son calme de princesse du ghetto, et ça va pas changer aujourd'hui. J'ai besoin d'elle, je dis trois fois son nom et elle débarque, c'est la règle.

– Je sais pas, maintenant ? Je passe chercher Assia, là, tu nous retrouves chez moi ?

– Ok. Je ramène tout, tu t'emmerdes pas à acheter des trucs, j'ai de quoi faire quinze saladiers de pâte, ici.

Le père de Pia tient un resto, ils habitent au-dessus. Y a toujours de la bouffe incroyable plein les placards, je prends trois kilos sur les hanches à chaque fois que je passe l'aprem chez elle.

– Meuf, je t'aime tellement.

– Ouais, calmos, carlos. À toute.

De savoir qu'elle va débarquer pour m'aider à gérer ce bordel, j'ai l'impression que quelqu'un vient de me repasser les poumons à la centrale vapeur, et je réalise que ça fait trois heures et demie que je suis en apnée. Il doit pas rester grand-chose en ce qui concerne mes cellules nerveuses. La cloche sonne, marée humaine immédiate. Enfin, la marée de fourmis humaines, pour être précise. Je cherche à localiser Assia au milieu du tsunami. Tu vois Dragon : c'est là que ça sert, le jupon en tulle rose à paillettes, tu le repères de loin, même dans le blizzard, même s'il te manque un œil et que le deuxième va pas très bien. Limite tu le repères juste aux bruits de froufrous.

Tous les parents en sont encore à plisser des yeux en flippant de pas réussir à choper leur lardon au vol avant qu'il s'autopropulse sous les roues des bus d'en face, mais moi j'ai déjà mon Assia qui clignote dans mes bras comme une boule à facettes, en brillant tout ce qu'elle peut. Je prends bien quelques regards en coin au passage, mais ma sœur et moi on s'en va comme des duchesses, j'ai du tulle plein la tronche, je vous laisse dans votre jalousie.

12.

Pia est sur le pas de la porte, à regarder d'un air pas super convaincu ma super installation provisoire de porte, tout en ficelle, carton, et scotch marron. J'attends pas la vanne qui va venir.

– C'est de l'art moderne, cherche pas.

– C'est quoi ? Une installation sur la fin de la vie privée ?

– Ouais, critique de la sociabilité numérique, wesh.

Pia se marre, mais pas Assia, curieusement, qui commence à se demander ce que je lui raconte pas, depuis ce matin.

– Qui c'est qui a cassé la porte ?

Regard emmerdé de Pia qui réalise que ma sœur est pas au courant de l'Armageddon familial. Mais moi, j'ai passé tout l'aprem à récurer cet appart à la brosse à ongles, avec rien d'autre à penser que l'excuse que je vais lui bazarder, je suis plus que prête, t'as jamais vu une meuf aussi prête.

– Le voisin du huitième. Non parce que ce matin quand maman est partie au boulot elle a laissé la télé à fond, elle a oublié, comme d'hab, et y a eu un film à la télé, avec une fille qui criait très fort, et le voisin a cru qu'il arrivait un problème à maman. Et il a frappé, et comme personne a répondu, il a voulu vérifier que ça allait bien. Mais c'est pas grave, on va réparer, hein ?

Elle est moyen dupe, la frangine, elle me regarde exactement comme quand elle m'a demandé de lui expliquer comment les cloches de Pâques étaient censées trimballer des dizaines de milliers d'œufs en chocolat, et faire le tour de la Terre en volant, sans être vues par personne, en deux heures, et tout ça sans les mains. J'avais tenté un bluff technique, à base de vocabulaire de physique-chimie et de free-style sur l'esprit de Pâques, mais elle avait calé ses petites pattes sur ses hanches de mouche, en mode Polly Pocket Queen de la Street, elle avait répété « Les cloches, vraiment ? » sur un ton qui voulait dire : retente une fois de me prendre pour une débile comme ça, et je téléphone à la DDASS pour me faire adopter. Du coup j'avais remballé mes tapis et mon discours de vendeuse de bazar, et j'avais reconnu que oui, c'était bien moi, le génie qui avait planqué un Kinder dans l'abat-jour du salon l'année dernière, qu'on avait trouvé que trois jours plus tard, quand il avait coulé du plafond directement dans le tajine de mamie.

Mais là, je vais pas lâcher l'affaire si vite, et elle peut me regarder avec tous ses yeux vert pistache en amande, ça m'impressionne que dalle.

– Le voisin du huitième, il a entendu maman crier ?

– Ben ouais, en descendant l'escalier.

– Pourquoi il prend pas l'ascenseur ?

– Maiiiiis... parce qu'il est gros.

Je me fabrique en vitesse une tête de grosse persuasion en croisant très fort les doigts pour qu'elle ait jamais rencontré la brindille du huitième.

– Assia, tu viens m'aider à faire les crêpes ?

Ma meilleure amie est un ange descendu du ciel pour sauver mon cul.

Assia laisse tomber son interrogatoire gestapo-style comme si y avait jamais eu rien de plus important dans sa vie que de savoir dans quel sens tu tournes pour qu'il y ait moins de grumeaux. C'est très bien, ça me laisse trois secondes de répit pour chercher comment je vais lui faire avaler qu'en plus, maman va pas rentrer ce soir, parce que, vu le degré de motivation de madame ma mère, en ce moment, Assia va avoir du mal à croire qu'elle est restée coincée en after.

Bientôt ça sent la pâte à crêpes partout dans la cuisine, ce qui me fait me demander combien de rhum, exactement, Pia colle dans le saladier, et tout d'un coup je me souviens que je me souviens pas : est-ce qu'elle a mis du lait quelque part dans le process ?

Quand je lui pose la question, pour toute réponse, Pia attrape la bouteille de rhum et verse un bon demi-litre de plus en me regardant droit dans les yeux.

– Aujourd'hui c'est permis.

Je pèse un peu le pour et le contre à la question de risquer le coma éthylique chez ma sœur de cinq ans, mais le pour argumente que toutes les cellules du foie se reconstituent entièrement en à peine un an, et Pia me sort la preuve par Google que l'alcool disparaît à la cuisson. Alors, bon.

Et de toute façon elle a déjà collé le beurre à fondre dans la poêle, et je vois pas comment je peux lutter contre la merveilleuse odeur de cancer qui envahit la cuisine. Et puis Pia sait faire sauter les crêpes. Y a moye d'occuper Assia une demi-journée avec ça, le temps qu'elle retapisse les murs de traces de gras.

J'en suis à ma troisième photo de ma sœur avec une crêpe sur la tête quand tout d'un coup, du fond du salon, le téléphone se met à sonner. Le fixe. Ce truc que je savais pas qu'il pouvait faire du bruit, tellement il avait jamais moufté de ma vie entière, même si la légende raconte qu'en journée, des gens appellent pour te vendre des forfaits Internet qui te servent absolument à rien, vu que t'as déjà un forfait Internet, comme le prouve ce numéro de fixe lié à un forfait Internet sur lequel ils t'appellent. Je suis pas non plus restée des heures à m'émerveiller du miracle téléphonique, parce que quelque chose me disait que ça sentait pas le coup de fil du mec qui veut savoir si t'es satisfait de l'assurance-vie de ton chat. Là, ça sonnait sévère, tout frustré que c'était de jamais avoir sonné de sa vie, et visiblement ça voulait que je réponde avant de lâcher l'affaire.

– Résidence Boucherit bonjour ?

Quitte à répondre à un téléphone qui sert jamais, autant casser quelques clichés au passage. En face, ça prend au moins trois secondes pour savoir quoi répondre, tellement ça s'attendait pas à ça.

– Bonjour... C'est le lycée Jaurès. Je suis la CPE, je voudrais parler à madame Boucherit, merci...

Jolie remontada de Jaurès. Perso je tablais très fort sur un oubli général des emmerdes Boucherit, du côté du lycée. Qui aurait cru que Jaurès avait tellement de conscience professionnelle que je devrais avoir une vraie excuse pour qu'on me lâche ?

– Je... oui... je vais voir si...

Pia me fait des signes depuis la cuisine, on dirait un pélican mazouté, je sais pas si c'est une bonne idée de passer un oiseau marin en détresse à la CPE, mais là tout de suite, j'ai pas de meilleure idée alors je tends le téléphone.

– Allô oui, bonjour, Sherifa Boucherit.

J'entends pas ce qui se passe à l'autre bout du fil, mais je suis assez curieuse de voir comment Pia va ressusciter ma mère pour rassurer tout le monde. En face, ça parle beaucoup. Pia est en mode Actors

Studio tellement fort que j'ai l'impression qu'elle a trente-cinq ans.

– Non, vous avez été mal renseignée... oui, Kenza est à la maison, tout va bien. Voilà. Pardon ? Mais pas du tout. Mais madame je vous en prie, passez donc manger des crêpes à la maison, si vous voulez vérifier... C'est ça, oui.

Sourire de la win, Pia raccroche avec une tête qui veut dire que zéro assistante sociale devrait venir me voler ma sœur dans la nuit. Vu tout le beurre qu'elle a bouffé, Assia, de toute façon y a peu de chances que personne l'emmène nulle part sans l'aide d'un camion remorque, même si elle bouge plus parce qu'elle digère trois fois son poids en gras. Et heureusement d'ailleurs, parce que sinon elle aurait sans doute pas compris pourquoi l'école m'appelait en fin d'aprem, sur un téléphone venu du passé de l'humanité. Mais pour l'instant tout va bien, elle est en boule sur le canap et elle ronronne comme un petit chat.

Pia vient se poser à côté de moi, elle chope deux verres au passage et nous sert deux shots de rhum, ce qui me fait me dire qu'il est dix-neuf heures et qu'il faudra qu'on ait une discussion sur son alcoolisme, mais là franchement, j'ai pas le courage de dire non à l'addiction, et je crois pas que la fête sera plus folle sans alcool, alors j'avale mon truc comme un médoc.

Et puis je tousse en en recrachant la moitié par les naseaux, parce que je m'attendais pas du tout à ce que ça soit si fort. Pia se marre, et descend son verre comme si c'était une menthe à l'eau, la classe de cette meuf me dépasse.

– Ça réveille, non ?

Je hausse les épaules.

Journée de pute, hein ?

J'aimerais bien répondre mais je sais pas ce que j'ai foutu de ma voix tout d'un coup, elle s'est barrée en vacances, sans poser ses congés, et c'est devenu complètement impossible de sortir un mot. Alors je hausse les épaules, encore, c'est mieux que rien. Et même je me dis que j'aime bien l'idée de plus jamais ouvrir la bouche, de rester comme ça dans la cuisine pour l'éternité, pendant que le reste du monde continue sans moi, sans avoir à prendre la décision de parler ou de bouger. Je crois que quand je serai grande, je serai un gros sac de riz.

Parce que là, rien que d'imaginer la suite de cette semaine me déprime pour le restant de mes jours. Comment je vais arriver à continuer ma vie comme si rien était arrivé ? Déjà que d'habitude j'ai pas une passion absolue pour la trigo et les déclinaisons allemandes, je vais jamais trouver assez d'énergie pour me traîner jusqu'en cours, tout ça pour passer des heures à écouter ces trucs qui me serviront jamais dans ma carrière de sac de céréales.

Mais si je me pointe pas avec une gueule qui ressemble vaguement à mon expression de d'habitude, tu peux être sûre que l'infirmière scolaire va tellement pas me lâcher qu'elle va finir par emménager à la maison avec son chat et ses trois gosses, et je suis pas prête à vivre en coloc avec une meuf qui me parle comme si j'étais un bichon maltais en train de mourir. Et puis si les gens commencent à trop coller le nez dans mes histoires, ça va être difficile de planquer longtemps que je suis une fille de quinze ans en passe de devenir un sac de riz alcoolique, avec une gosse de cinq ans à charge, elle-même déjà addict au lait grenadine.

Et puis Assia, comment je lui explique que maman revient pas ? Et comment je l'empêche de le raconter à tout le monde ? Parce que ok, elle est maligne ma frangine, mais elle a à peu près trois minutes d'existence en tout, on peut pas non plus attendre qu'elle soit la Mata Hari du jardin d'enfants.

Je crois que ça se voit, ce gros tas de panique coincé dans ma gorge, parce que Pia fait un truc qu'elle ferait jamais en temps normal, elle ouvre ses bras en grand, et me fait signe d'approcher avec ses doigts.

– Un câlin ?

Cette proposition, ça ressemble à une violation en règle de tous les fondements les plus basiques de notre amitié. La plupart du temps au lycée, les filles ont une furieuse tendance à s'agglutiner entre elles comme pour former une grosse gelée shootée à l'œstrogène. Ça se tripote, ça se papouille les tresses, ça se câline en roucoulant comme des pigeons au printemps, ça se prend des selfies hashtag BAE hashtag BFF, et ça meugle comme des vaches dans une maroquinerie quand on essaie de les séparer pour leur apprendre les rudiments des maths.

Pia et moi, c'est l'inverse, on est des autistes absolues de la tendresse. Déjà, on parle à peu près jamais sentiments : la règle tacite c'est que si on traîne ensemble depuis bientôt dix ans c'est sans doute qu'on s'aime à peu près bien, alors c'est pas la peine de se scarifier la pudeur en se disant quoi que ce soit de gentil. À la rigueur, si y en a une qui se pète les deux jambes en se faisant renverser par un cheval, l'autre est autorisée à lui tapoter la tête maladroitement pour la réconforter en attendant les secours.

Donc là si elle me propose ça, je dois vraiment avoir l'air d'être en train de décéder sur mon tabouret de bar, alors ça veut peut-être dire que c'est pas une idée complètement débile. Pourquoi pas. Je hausse encore les épaules, c'est le maximum que je peux faire en termes d'audace sentimentale, au-delà, je meurs de mièvritude. Et je crois que je suis en train d'inventer un nouveau langage, parce qu'elle comprend direct que ça signifie le consentement, et elle me prend dans ses bras.

C'est une sensation très, très bizarre, je suis tendue comme un sous-vêtement de grassouillette, et je vois bien que Pia sait absolument pas quoi faire de ses mains, mais au bout d'un moment, je crois que ça fait quand même du bien. Et tout d'un coup ça se décoince quelque part : je sens un truc qui pète dans ma poitrine, et je me dégonfle comme un ballon. C'est à ce moment-là que je capte ce que ça veut dire en fait, tenir sur les nerfs, parce que là y a plus rien qui tient, et je me mets à pleurer comme un bébé dans les bras de ma copine, qui me tapote la tête comme l'autiste qu'elle est, on va pas perdre les bonnes habitudes, non plus.

Quand ça s'arrête, j'ai l'impression d'être un chat qui sort d'un cycle complet machine-sèche-linge. Pia me sourit.

– Mieux, un peu ?

Elle sort son téléphone, et sans prévenir, elle me prend en photo, cette garce. Je lui fais un doigt, et elle se marre.

– Là c'est trop tôt, mais je te promets qu'un jour cette tof te fera marrer.

Je regarde le truc, et en vrai, je dois reconnaître qu'elle me donne déjà un peu envie de rigoler. J'ai pas un cheveu de droit, les yeux bouffis comme si j'avais fumé le lino, et un pli en travers de la tronche, qui me fait comme une moustache de mousquetaire. Et une expression plus vénère que si Pia m'avait privée de pâte à tartiner pour le goûter.

Et puis je me dis que c'est un souvenir comme un autre, en fait, et que c'est peut-être pas mal d'avoir des traces de ces moments-là aussi, quand tu veux comprendre ce que c'est que ta vie, et pas te rappeler que des moments instagrammables, ceux que t'as à moitié inventés et qui racontent n'importe quoi, comme quoi tu te nourris que de jus de grenade, en grillant au soleil, dans la piscine de la maison de vacances en Corse de tes potes fils de riches, quand, en vrai, tu passes trois cent cinquante-trois jours par an dans ta chambre d'un mètre carré à attendre que tes maths se fassent toutes seules, pendant que tu bouffes des cookies complètement pas vegan ni gluten free qui viennent de la supérette d'en bas, en priant pour pas qu'ils se transforment direct en cellulite sur ton cul.

Je me dis que je vais peut-être me mettre à faire ça, une photo par jour de moi qui ment pas, pour me rappeler toutes les journées, merdiques comprises, et que si ça sert à rien de mon vivant, peut-être que ça m'aidera bien, le jour où faudra me consoler de dire adieu à la vie.

– Je l'envoie à Haroun ?

Je l'avais complètement oublié, lui. J'ai l'impression que ça fait un an et demi qu'il m'a tapé le bout de gras dans la cour du lycée.

– P't'être que lui aussi, il aura envie de te faire un câlin ?

Vu ma tronche actuelle, j'en doute un peu. Je mords mollement dans une crêpe, je pense que je vais m'anesthésier par le gras.

– Il te voulait quoi, ce matin ?

Gueule de Pia quand je lui raconte qu'il m'a invitée à une teuf, on dirait que je viens de lui annoncer que je peux multiplier les crêpes, merci de votre confiancc. En même temps je la comprends un peu : qu'est-ce qu'un type comme Haroun peut attendre d'une soirée avec moi, l'exemplaire moyen de meuf moyenne, si tellement moyenne que la couleur totem qui représente mon âme c'est sans doute le beige ? Est-ce qu'il se lance dans une étude anthropologique sur les gens ordinaires pour renseigner ses copains les dieux de l'Olympe sur ce que vivent les simples mortels ? Est-ce qu'il voudrait que je l'emmène au supermarché ?

Ou alors, il a entendu parler de ce truc chelou que je sais faire avec mes yeux : en me concentrant fort, je peux les faire bouger très très vite de droite à gauche, comme s'ils tremblaient, ça s'appelle un nystagmus, c'est rare, et grâce à ça j'ai réussi à faire croire à la moitié de ma classe de sixième que je m'étais échappée de Serpentard. C'est à peu près le seul truc original que je sais faire avec mon corps. Pour le coup, je comprendrais qu'il soit curieux. Quelle que soit la raison du miracle, de toute façon, ça me paraît compliqué d'aller shaker mon booty toute la nuit dans les conditions actuelles.

Pia fait la moue : pas faux.

– Film, du coup ?

Je la regarde en coin, parce que je sais très bien ce qu'elle est en train de me proposer, cette génie, et c'est pas du tout une séance cinéphilie du lundi : c'est sa version de l'anesthésie générale à coups de marteau sur le cervelet, c'est-à-dire une projo de films choisis uniquement en fonction de la courbure des fesses de l'acteur principal, et qui vient prouver au patriarcat que nous aussi on sait très bien être des porcs, y a pas de raisons. C'est pas parce qu'on est des filles de quinze ans qu'on est des êtres humains particulièrement fréquentables. On a un disque dur tout prêt pour ces séances de la honte, qui s'appelle *Boules, bitch*, et qui contient deux téraoctets de fessiers de rêve, et c'est exactement ce dont j'ai besoin maintenant pour me débrancher la tête.

13.

On en est à hurler suraigu à l'apparition du fessier gauche de Chadwick Boseman, qui fait très bien sur la télé du salon, entre la photo de mémé Anita et mon certificat du brevet des collèges, quand ça se met à cogner à l'entrée, à m'en desceller ma porte toute neuve. Je me lève, prête à me battre pour mes droits : l'horloge en plastique rose sur le mur me dit qu'il est que huit heures, alors je sais bien que tous ces glapissements, ça peut avoir un côté désagréable, mais j'estime qu'il est un peu tôt pour me pourrir mon groove, donc profitez-en et souriez, voisins, au pire, les ultrasons, ça vous fera un détartrage gratuit.

Mais ça cogne encore, et ma nouvelle entrée en carton pirouette-cacahouète tremble de tous ses bouts de scotch, possible qu'elle soit pas aussi costaud que la muraille de Chine, j'espère qu'on a pas une invasion de Mongols dans le couloir. Ils arriveraient à cheval, en armure et les cheveux longs et sales, sur le papier peint rose de la cage d'escalier, ça serait un vrai parti pris esthétique, et puis ça nous changerait de la vieille tête du facteur.

Mais quand j'ouvre la porte – enfin quand j'essaye parce qu'en fait, tout ce qui vient quand je tire c'est le carton du dessus, alors que celui du dessous a l'air d'être tombé amoureux du mur sur lequel il est scotché tellement il reste accroché à sa Patafix – je tombe pas sur une armée de mecs à chignon sur des poneys, mais sur la voisine du rez-de-chaussée, avec son petit air inquiet qui me dit qu'on a pas fini d'en entendre parler si j'arrive pas à la calmer tout de suite. Alors je prends l'air cool, avec mon bout de carton, comme si tout ça avait été complètement calculé, comme si j'enlevais régulièrement le dessus de ma porte, parce que, vous comprenez, c'est vraiment très pratique pour aérer. Elle a pas l'air convaincue convaincue par mon sourire en stuc d'hôtesse de l'air.

– Tout va bien ?

– Mais oui et vous ?

J'ai répondu trop fort, je pense qu'on m'a entendue de l'immeuble d'en face. Faut que je me calme, là, parce que je suis tellement la meuf la plus louche du monde que dans deux minutes, elle va penser que je suis habitée par un parasite qui me contrôle pour conquérir le monde, comme ces champignons dégueus qui bouffent le cerveau des fourmis pour qu'elles leur servent de terreau, et que je vais finir par me faire baygoniser la face à pas cher.

– Euh, oui, ça va, merci.

Je te vois, madame, je sais que t'es en train de jeter des coups d'œil de fouine partout chez moi.

– Assia est avec toi ?

– Oui, oui, elle dort là, grosse journée aujourd'hui, ils ont eu un pique-nique à l'école, et en ce moment ils préparent un spectacle, ça s'appelle la danse des haricots, c'eeeest...

Je sais pas où est censée aller cette phrase, mais heureusement, la voisine a pas le temps d'attendre qu'elle arrive quelque part.

– Et ta tante, elle est là, finalement ?

Merde, merde, merde, la tante machine qui devait débarquer dans l'aprem, c'est ça qu'elle est venue vérifier, la voisine-fouine, j'avais complètement oublié.

– Je... oui... elle est... là...

N'importe quoi. Je me suis autocoincée, à force de parler quinze fois plus vite que je réfléchis. La moitié de mes cellules nerveuses veut péter la gueule de l'autre moitié, et exige des explications, mais personne là-dedans veut prendre la responsabilité de ce fiasco international du mensonge.

– Je vais la chercher... je reviens...

Et maintenant quoi ? J'avance dans le couloir, pas trop vite, comme si je pouvais traîner suffisamment des pieds pour que ma tante imaginaire ait le temps de se matérialiser dans un coin du salon, j'ai vraiment beaucoup trop regardé Cendrillon dans ma vie. Déjà la moitié du couloir, toujours pas de tatie à l'horizon, et toujours pas le début d'une idée pour la faire apparaître, quand Pia débarque de la cuisine en chuchotant à toute vitesse.

– Mais t'es total débile ou quoi ? D'où tu lui dis qu'elle est là, t'es au courant qu'y a pas de tante pliable rangée dans un placard chez toi, ou bien ?

Je sais pas trop quoi répondre alors je fais une grimace de la désolation.

– Bon, t'y retournes, tu lui dis qu'elle est sous la douche, et je te sauve la face, comme d'hab.

Je sais pas si c'est les vapeurs de rhum ou la journée foireuse, mais je suis tellement ralentie que mon corps comprend les choses avant moi, et je suis déjà en train de faire demi-tour comme un pantin flippant des vitrines de Noël quand je comprends quel est le plan. Retour à la voisine. Douche. C'est bon je l'ai.

– Je suis désolée, elle est sous la douche, là.

Pile au moment où je dis ça, la plomberie de l'immeuble entier se met à couiner, et je capte que Pia vient de mettre la douche en marche. Parce que quand tu vis dans un HLM des années 70, tout le monde a le droit de savoir à quelle fréquence tu te laves les dents, sans doute que les architectes ils avaient le souci de créer du lien, et que c'est aussi pour ça que les murs sont en papier de riz, et que tu peux presque voir la silhouette de tes voisins au travers. Comme ça personne s'oublie, et la vieille du troisième on est sûrs qu'elle finira pas mangée par ses chats. Quand tu fais une soirée Trivial Pursuit dans mon immeuble, faut répondre avant le papy de l'appart d'en face, mais l'avantage, c'est que si t'éternues t'as cinq voisins qui te proposent un mouchoir dans les dix minutes.

Y avait de l'idée dans le plan de Pia, mais je vois bien que ça marche pas de ouf sur la voisine, cette histoire de flotte qui se met à couler d'un coup sans qu'on lui demande rien. Elle se mordille un peu la lèvre, elle a l'air d'hésiter, sans doute entre appeler la police tout de suite ou l'armée dans dix minutes.

Visiblement, ce soir, j'ai l'air très très folle, parce que c'est la deuxième solution qui l'emporte. Pour la voisine, on parle donc chars d'assaut et fusils Famas. Son sourire me donne envie de lui dire de prendre des cours de théâtre.

– D'accord. Tu pourras lui demander de passer chez moi tout à l'heure ?

Je pense que mon sourire lui donne envie de me dire de prendre des cours de théâtre. Bien sûr, que je lui dirai de passer te tailler une bavette, à ma tante imaginaire. Elle te racontera sa vie imaginaire en buvant un peu d'eau chaude dans ta dînette, ça sera super.

14.

Une fois la voisine dehors, c'est comme si mes neurones repartaient d'un coup, et ça me fait du bien, d'avoir à nouveau un QI positif. Je voudrais refermer la porte, mais je réalise que c'est un bout de carton, et que les lois de la physique sont contre l'idée qu'il reste accroché à rien, alors je laisse tomber l'affaire directement par terre et je repars à l'envers. Je m'arrête pas dans le couloir pour discuter avec Pia qui s'est collé une charlotte sur le sommet de l'afro pour rigoler, même si c'est vrai que c'est assez golri cette petite chose en plastique mou posée sur le dessus de son mètre cube de cheveux crépus, mais j'ai pas le temps pour la vanne sale qui s'impose, et je file dans ma chambre.

De quoi on a vraiment besoin, quand on part loin ? Chez nous, les vacances, c'était seulement pour les années où on avait gratté les aides municipales pour la colo du coin, à vingt kilomètres max, programme papier mâché et pâte à sel, l'Aventure. Et les années de grande débauche, huit jours de camping en famille à la mer. Alors préparer une valise qui soit pas à base de maillot deux pièces, jeu de belote et ballon de volley, autant dire que j'ai jamais fait, et que là j'hésite vraiment sur quoi prendre pour permettre la survie de ma sœur pendant plus de trois minutes hors de la maison.

Combien je prends de pulls ? Est-ce qu'on peut vivre avec une seule paire de pompes ? Monsieur Hippo, ou poupée Jenny ? Où je cale la flasque de lait grenadine ? J'ai dû faire vite, parce que j'en suis à fourrer le jupon en tulle rose à paillettes dans ce qui me reste de valise quand Pia débarque enfin.

– Tu fais quoi, là ?

– Elle sait. Si elle est pas déjà en train de téléphoner aux services sociaux, elle remonte dans dix minutes pour vérifier qu'elle a raison, et elle nous coince.

– Et alors, au pire elle vous aide…

Pia ne comprend pas, c'est normal. Elle vient d'une famille où tout va bien, avec des parents qui sont tous les deux là et qui s'aiment, elle peut absolument pas capter ce qui risque de nous arriver à ma sœur et à moi.

– Elle remonte, elle découvre que j'ai raconté n'imp sur ma pseudo-tante, tu crois qu'elle fait quoi ?

Pia ne sait pas, mais je vois à sa tête qu'elle commence à comprendre.

– Elle sait pas que je m'occupe déjà d'Assia tout le temps. Alors elle va flipper et elle voudra pas me la laisser, elle va appeler les flics, qui appelleront l'assistante sociale, qui va appeler la DDASS. On va être bazardées en foyer. Y aura une enquête. Tu crois qu'ils nous laisseront revenir ici, avec ma mère et tout ?

Pia fait la grimace. Elle a beau pas vivre avec moi, je sais qu'elle a une vague idée de l'enfer que c'est à la maison depuis huit mois.

– Si on dégage pas tout de suite, Assia et moi on va rester coincées en foyer. Elle est petite, ils voudront pas la laisser dans des trucs de groupe, ils voudront la mettre en famille d'accueil, c'est mieux. Alors que moi... Alors je les laisse pas me la prendre.

Pia répond rien, mais elle commence à m'aider avec les sacs, c'est bon, elle est avec moi. Elle relève quand même la tête, au bout d'un moment.

– Mais vous allez aller où ?

Je hausse les épaules, en vrai on s'en fout, le seul truc qui compte c'est de s'être barrées d'ici avant que la cavalerie se pointe, le reste on verra ensuite.

– Chez moi c'est chaud, les frangins sont là, on peut pas passer par derrière.

Je comptais pas trop squatter le restau des parents de Pia, je me voyais pas bien caser ma sœur dans la chambre froide entre les cagettes de courgettes et les sacs à patates, mais c'est vrai que j'ai pas trop de plans de rechange, vu ma popularité générale pas démentielle.

– On va chez Haroun.

Ce qui y a de bien quand on pense trop vite pour se suivre soi-même, c'est qu'on peut s'autosurprendre. Je sais pas d'où m'est venue cette idée, mais plus j'y pense plus je me dis que c'est ce que j'ai de mieux pour l'instant. Le mec m'a invitée y a moins de douze heures, il est donc ok pour me voir débarquer, et a priori, y a pas ses vieux. Bon, si je suis honnête trois secondes, il s'attend peut-être pas à me voir débarquer avec deux valises et une mioche endormie sur l'épaule, comme si je venais lui annoncer qu'il était le père de ma première fille, et il va peut-être un peu flipper au début. Mais Assia prend pas beaucoup de place, et elle a le même sommeil de caillou que moi à son âge, suffira de la poser dans un coin et de la reprendre en partant.

D'ailleurs elle ouvre même pas un œil quand je la prends sur le canapé pour l'enrouler dans un plaid en mode friand à la saucisse complètement trop cuit. Et je mesure à quel point il est léger, mon petit machin de sœur, en descendant avec dans l'escalier pendant que la pauvre Pia galère avec la valise, et fait la tronche parce que j'ai pas voulu utiliser l'ascenseur pour pas risquer de croiser notre agent secret de voisine parce que ce serait une manière beaucoup trop stupide de se faire gauler.

15.

Le GPS nous dit qu'on est à dix-sept minutes de chez Haroun. Je suis épatée par cette merveille de technologie, j'arrive pas à imaginer comment c'était la vie dans les années 2000, quand t'étais censée vérifier les adresses avant de sortir de chez toi, et que t'étais obligée d'avoir un petit carnet, avec le plan des rues par quartier, pour pas te perdre à longueur de journée en allant chez tes potes. Est-ce que les villes étaient pleines de gens paumés qui se couraient après pour se demander leur chemin les uns les autres, en espérant avoir la chance de croiser par hasard un mec qui avait déjà entendu parler de la petite rue obscure qu'ils cherchaient ? Est-ce que c'était possible de se donner rendez-vous dans ce temps-là, ou est-ce qu'on se rencontrait seulement en se promenant par hasard, et que les plus chanceux se croisaient deux ou trois fois par an, alors que les autres se perdaient pour toujours après leur première rencontre ?

J'aime bien imaginer la vie de ces gens qui vivaient sans les smartphones, j'ai l'impression que c'est hyper loin, une sorte d'Antiquité, cette époque sans applis, où ça te serait pas venu à l'idée de compter ton nombre de pas, où y avait pas moyen de prévoir l'horaire de passage de ton prochain bus, et où les gens qui voulaient se pécho allaient dans des bars boire des cocktails dégueulasses. Qu'est-ce que ces gens pouvaient bien faire de leur trajet en train, avant qu'on invente de faire des lignes de bonbons par couleur ?

16.

La maison d'Haroun est carrément stylée, et en même temps je me demande ce qui est pas stylé chez ce garçon. C'est grand, c'est beau, y a une piscine qui impressionne, j'ai bien fait de pas l'inviter à faire une crapette avec les voisins de ma téci. Avec Pia, on hésite sur la marche à suivre pour pas effaroucher le chaland : est-ce que je lui laisse Assia et que je vais frapper toute seule, en mode fourbitude de la sirène qui sert d'appât, ou est-ce qu'on laisse tomber les convenances, et qu'on va sonner chez lui direct, genre : coucou c'est les hippies, il te reste bien une petite place dans ton lit ?

Mais Assia commence à gigoter un peu dans mes bras et je crois que ce serait pas mal qu'elle se réveille pas dans la rue au milieu des poubelles, alors on part sur l'option deux, Sainte Famille en vadrouille. J'ai si hâte de voir la tronche d'Haroun quand je vais lui dire qu'un enfant c'est un papa et une maman.

Je sonne.

17.

– Ah c'est toi ?

Ce mec me bute.

Zéro trace de surprise dans le regard, franchement s'il s'était pas poussé pour nous laisser passer, j'aurais parié toutes mes billes et celles de la voisine que c'était pas le vrai, juste une imitation en cire, du style musée Grévin, mais super bien faite. Pourtant il bouge, et moi je veux bien qu'ils soient riches, les Haroun, mais ils sont peut-être pas mégalos au point d'avoir des imitations d'eux-mêmes robotisées qui viennent ouvrir les portes.

Le salon, déjà, il fait deux fois mon appart, et les meubles qui sont dedans doivent valoir au moins un an de salaire de mes vieux. Rien que le canapé a l'air d'être le bail le plus moelleux du monde, à mi-chemin entre le pouf et le nuage, mais jamais j'oserais m'asseoir dedans, tellement il a l'air mille fois plus précieux que mes fesses.

Toute cette débauche de luxe, j'ai pas l'habitude, ça me fait un peu perdre la tête. Pendant une seconde, je crois que j'envisage même très sérieusement de tirer le cendrier sur la table basse, et de le vendre sur Leboncoin pour m'acheter une voiture, après tout, il paraît que la propriété c'est le vol, c'est pas moi qui le dis, c'est Proudhon. Et puis je suis sûre que les Haroun, ils verront pas la diff, des cendriers comme ça ils doivent en avoir un million et demi dans leur trésor planqué à la cave, et j'imagine déjà la villa avec piscine que je vais faire construire quand je l'aurai revendu.

Heureusement, Haroun me pose la main sur l'épaule, et le contact de ses doigts me balance une dose d'hormones suffisamment costaud pour me réveiller, alors je lâche mes projets de casse du siècle.

– C'est ta sœur ?

Je hoche la tête pour faire court, parce que bon, évidemment c'est ma sœur, vu que j'ai pas l'habitude de ramasser des gosses dans la rue, et que si c'était ma fille, il faudrait que je l'aie eue à neuf ans et demi, alors je veux bien admettre que j'aie pas l'air de venir d'un milieu évolué évolué, mais chez les pauvres aussi, tu sais, Haroun, y a la puberté. Et puis, moins je parle, moins Assia risque de se réveiller et j'aimerais bien qu'elle soit HS le plus longtemps possible.

– Tu veux qu'on l'installe dans ma chambre ? Après si tu veux, tu me racontes.

Donc Haroun est pas seulement le plus gros BG de la région Centre, c'est aussi un prince charmant full option. Je me demande dans quel placard il range son cheval et son épée. Il envoie Pia et les valises dans la chambre d'amis, et moi je le suis dans un couloir tellement long que je finis par me demander si on va pas ressortir en Chine.

Sa chambre est rangée comme dans un catalogue de déco. Ça sent bon, y a des livres partout, des posters de ciné, et une guitare. Je vois qu'une seule solution à tant de perfection : Haroun n'a pas de robot, Haroun *est* un robot, un prototype à l'essai pour un modèle révolutionnaire, conçu pour satisfaire toutes les femmes. Adieu messieurs, vous êtes foutus, on aura mis le temps mais on a finalement trouvé mieux, déso les rageux.

Haroun installe ma petite saucisse de frangine sur son lit, et il colle un tissu sur la lampe de chevet pour adoucir la lumière.

– Elle te ressemble grave.

– Ses yeux sont mieux, tu verras.

Il me jette un regard amusé, je sais pas trop ce que ça veut dire, et anyway je m'en fous, son sourire a re-éteint ma tête. C'est un vrai problème, cette façon qu'il a de faire disjoncter mon cerveau, en termes de conversation ça fait pas de moi la meuf la plus intéressante de la galaxie, et puis, qu'est-ce qu'il se passe si ça m'arrive au milieu d'un truc important, genre un feu de forêt ? Ceci dit, la dernière fois que j'ai été en forêt, ça devait être dans une vie antérieure, donc bon.

– Tu veux boire quelque chose ?

Oui, mais j'hésite entre un chocolat chaud et une triple vodka. J'aurai le temps de décider pendant le voyage de trois heures vers la cuisine, alors je hoche juste la tête, et je repars derrière Haroun dans le couloir interdimensionnel de l'espace, qui débouche sur une cuisine grande comme une patinoire. Sérieux, c'est quoi ici, un internat ? Ils sont combien à vivre là ? Je veux dire, s'ils se calent pas hyper bien sur les horaires, ils doivent passer des jours entiers sans arriver à se croiser.

Pia est déjà dans la cuisine, elle a dû trouver un vaisseau plus rapide que le mien. Elle a un verre à la main, et elle a clairement pas pris l'option chocolat chaud, c'est la soirée de la grande débauche. Elle tape la discut' avec la sœur d'Haroun et un autre garçon, du genre grande chose molle, tout ça se tait quand j'arrive, super, bonjour l'ambiance.

La sœur d'Haroun me tend un verre qui sent très fort le dissolvant.

– Tiens, bois, ça détruit les cellules nerveuses en huit secondes, c'est bon pour ce que t'as.

Je prends le truc comme un médicament, et je manque de le recracher direct par les narines, vu que c'est pas comestible. Fallait s'y attendre, vu que si ça l'était, ça serait pas bleu fluo.

– Sa mère la pute, c'est quoi ?

– Un TGV, tequila gin vodka, avec une touche perso en plus.

– Attends, dis rien je devine… De la lessive ?

Elle me fait un sourire mystérieux, mais elle répond pas. Elle doit avoir peur que je lui pique sa recette de débouche chiottes.

– Je m'appelle Myriam.

Si tu regardes bien, elle a le même sourire de ouf que son frère, à la fois très calme et très beau, comme si elle avait tout compris à l'univers et à l'humanité, un mélange bizarrement sexy de mère Teresa et d'un moine tibétain avec des fossettes en plus, du genre à te donner envie, toi aussi, d'épouser Dieu, et de lui faire des enfants pendant que t'y es. Elle me montre un tabouret.

– Pose-toi un peu là-dessus. Après mon cocktail t'as plus le droit de conduire tes jambes. Elle dort ta sœur ?

Signe de tête, parce que j'ai pas encore récupéré ma glotte. Je grimpe sur le tabouret en m'accrochant à la table, elle tourne comme pendant une séance de spiritisme. Pia se pose à côté de moi, elle me tend son téléphone, ouvert sur Insta.

– T'as vu ça ? C'est le compte de Myriam. C'est soin, non ?

Sur le téléphone, y a tellement de couleurs d'un coup que j'ai l'impression d'être entrée par erreur dans une vitrine de Noël des Galeries Lafayette. Je prends le temps de faire une mini-crise d'épilepsie, et puis je commence à voir ce qu'il y a sur les photos : Myriam, enroulée dans des tissus incroyables, qui prend des poses ésotériques devant des fonds complètement psychés. Y en a une où elle est déguisée en papillon. Et une autre où on voit seulement ses fesses parfaites dans une culotte à paillettes, qui dépassent d'un rideau. N'importe qui d'autre ferait ça, ce serait ridicule. Pas elle. C'est du génie. J'arrive tellement pas à décoller mes yeux de ses compos que je pense que je vais devoir les laisser ici en partant.

– C'est ouf, hein ? Elle a six cent mille followers !

– Ouais, ça me rapporte un peu de bif pour Noël.

Elle me ressert de sa mixture, avant que j'aie le temps de dire que non merci ça va, je suis suffisamment propre de l'estomac.

– C'est trop fort, non. Plus d'adoucissant ?

Elle m'agite un berlingot violet spécial lainages sous les naseaux. Franchement, j'hésite. Je prends une gorgée de mon verre de soude, mais ça passe mieux la deuxième fois, peut-être parce que ça m'a cramé la moitié des papilles le premier coup.

Et puis ça commence à aller mieux, ma température corporelle repasse au-dessus de zéro, j'avais même pas remarqué que je claquais des dents, depuis tout à l'heure, je dois avoir une vieille face de vampire de trois siècles et demi.

– Tu viens ?

Myriam prend ma main, comme si on se connaissait depuis l'origine du monde, genre nos arrière-grands-mères dinosaures prenaient le thé ensemble le samedi, et elle me tire doucement derrière elle jusqu'au salon. Quand elle marche, elle est tellement gracieuse, on dirait qu'elle danse comme une flamme, et derrière elle, j'ai l'impression d'être un chiot de deux jours qui se prend les pieds dans les oreilles.

À six ans, je rêvais d'être danseuse étoile, alors j'avais forcé ma mère à m'inscrire à un cours de danse classique. J'étais la plus minus du groupe, et j'étais cambrée comme une arbalète, ça me faisait un ventre de bébé, et la silhouette d'une micro-baleine en justaucorps, la honte. À chaque cours, je rentrais le ventre tout ce que je pouvais, en prenant exemple sur ma voisine, San, fine et légère comme une petite fée-libellule, mais rien à faire : moi, j'étais juste un petit cétacé pataud, et je dansais comme un tonneau. Je voyais bien la prof essayer de me cacher derrière les arbres en carton du spectacle de fin d'année. Finalement j'ai fait semblant d'être malade le jour J. Je me demande comment ils ont réussi à se débrouiller sans le rôle essentiel du Champignon n° 12. Peut-être qu'ils ont supprimé la danse des champignons. Peut-être qu'ils ont annulé le spectacle, qui sait ?

Dans le salon, Myriam lance la musique, et elle commence à bouger lentement les hanches. Je suis hypnotisée comme si la déesse de la danse venait d'apparaître sur le tapis persan. Le type tout mou de la cuisine la fixe, en bavant tellement qu'on dirait qu'il va la manger, mais elle, ça a pas l'air de l'inquiéter beaucoup, visiblement elle est habituée à ce qu'on la prenne pour un cupcake, et elle continue à bouger en souriant de plaisir, comme si y avait personne ici.

Depuis la porte, Haroun me fait son sourire de dieu de l'amour, et il vient s'asseoir, juste à côté de moi, sur le canapé. Panique générale à l'intérieur de mon cerveau, en mode alarme incendie. J'ose plus bouger d'un cil, comme si j'étais sur une scène de one-man-show géante, face à trois mille personnes en train d'attendre ma réaction. Tout d'un coup j'ai l'impression que plus aucun geste a l'air naturel, et je crois que je vais réussir à jouer faux à l'intérieur de ma vie.

Résultat : je regarde droit devant moi, à l'arrêt, avec zéro expression, genre faites pas gaffe à moi, en fait je suis un coussin. Comme si croiser son regard allait faire disparaître Haroun, ou me faire exploser. En face de moi, Pia me regarde en mode transmission de pensées, je l'entends me traiter de grosse débile avec ses yeux, mais c'est pas ma faute, à moi, si mon corps est en panne.

En même temps, je sens Haroun tout près, comme si j'avais une sorte de sixième sens tout neuf, qui fait que je sais exactement où il est, et dans quelle position il est. Par exemple, je sens très bien que son bras est à un peu moins de trois centimètres du mien, me demandez pas pourquoi. D'habitude je suis une quiche en géométrie, et je suis incapable de dessiner correctement, même sous la pire torture. Si tu me demandes de faire une maison, à la fin ça ressemble à un chat handicapé, qui fume un cigare, vu que j'ai voulu dessiner la cheminée dans un effort de bonne volonté. Mais là, par un miracle de la vie, mon nouveau super pouvoir c'est de calculer les distances entre Haroun et moi au micron près, sans les yeux. Et là tout de suite, j'en suis sûre, c'est moins de trois centimètres.

Il paraît qu'on touche jamais rien, jamais vraiment, vu qu'on est fabriqués avec des atomes et que les électrons se repoussent les uns les autres, à cause des forces électromagnétiques. Quand on pense qu'on touche un truc, en fait on le fait léviter à quelques millièmes de millièmes de millimètre de nos doigts, et l'impression de contact, c'est juste un gros mensonge de notre cerveau. Cette idée, ça m'a toujours rendue un peu triste, comme si c'était la règle de la solitude absolue, l'imperméabilité de nos corps. Déjà que personne arrive trop à comprendre ce qui se passe dans ma tête, si, en plus, mon corps, c'est un vaisseau qui flotte dans l'espace, sans jamais rien rencontrer autour… Mais en vrai, peut-être que c'est plus compliqué que ça, peut-être qu'on est des sortes de nuages électromagnétiques, plus denses que l'air autour. Et que certains nuages arrivent à se mélanger un peu, et que c'est pour ça qu'il y a des corps qui nous attirent, et qui ont l'air plus chauds ou plus lourds quand on les touche. Peut-être qu'Haroun et moi on se touche déjà, même en restant à trois centimètres l'un de l'autre ?

J'aimerais bien développer cette hypothèse scientifique plus longtemps, mais Myriam déboule et m'arrache au canap et à mon futur prix Nobel pour danser avec moi. C'est la dernière chose que j'ai envie de faire, mais j'ai carrément pas la force vitale nécessaire pour résister à cette tornade de meuf. Elle m'attrape les bras, et puis elle se met à tourner avec sa longue jupe qui vole au-dessus de ses pieds nus. Alors moi aussi je balance mes chaussures au passage, et elle m'entraîne avec elle, j'arrive plus à voir autre chose que ses yeux, bleus, avec du rouge et du jaune dedans. Je tourne, tout devient flou, et ça fait du bien d'effacer le monde, alors je ris comme une folle. Bientôt c'est plus moi qui bouge, c'est tout qui danse autour de moi, le canapé se dandine dans un coin du salon, les chaises sautent comme un tas de punks à la Techno Parade, et la table basse se jette sur moi pour me faire un câlin.

On me rattrape en plein vol à la dernière seconde, avant que je m'explose le nez sur le coin en verre du bail. Le temps s'arrête, je suis une astronaute en apesanteur.

Mon corps se rappelle cette sensation-là, c'est un souvenir de quand j'ai appris à faire du vélo, dans la rue devant chez moi. Elle est un peu en pente, la rue, et moi, j'avais pas dû très bien comprendre le principe de la roue, vu que j'avais pas prévu que ça partirait en cacahouète comme ça. Le vélo s'est emballé tout seul, sans que je lui demande rien, je me souvenais absolument pas de ce qu'il fallait faire et j'avais un peu l'idée que c'était trop tard pour demander. J'ai pas pensé une seconde qu'il devait y avoir un frein sur cet engin de mort, même si c'est probable qu'on m'avait un minimum expliqué le principe. J'ai pensé à sauter en marche, mais je tenais un peu à mes dents alors j'ai renoncé, et j'ai vu un mur s'approcher très très vite, alors j'ai fait ce que toute gosse sensée aurait fait : j'ai fermé les yeux très fort et plissé le nez en attendant que le monde règle mon problème à ma place. Et tout à coup, le twist : je me suis envolée. J'étais pas au courant que je savais faire ça, du coup, j'ai mis bien deux secondes à comprendre que j'étais plus assise sur la selle, et au moins une de plus à oser rouvrir un œil, juste à temps pour voir mon vélo, qui avait continué tout seul son petit chemin de vélo, s'exploser sur le mur en béton. Moi j'étais solidement coincée dans le creux du bras de mon père, qui m'avait rattrapée à la volée, comme au tennis. Calée.

Papa...

Tout d'un coup, mon père. Juste là, devant moi, qui sourit, avec ses yeux vert pistache qui font des petits plis sur les côtés, ses dents de traviole, ses cheveux qui grisonnent un peu sur le devant, le papa full option. Ça me plie en deux de le voir là, sur ce tapis de bourges qu'il aurait pas aimé, comme s'il avait poussé ici comme un champignon, pour me dire que tout ça c'est juste une petite blague et que tout va redevenir comme avant, et qu'il va aller chercher maman et qu'elle ira mieux, et qu'on va se retrouver tous les quatre à la maison, à manger des sablés à l'amande avec le thé, si si la famille, tu vois, et la vie qui revient.

Et tout d'un coup je me réveille et je capte que je sais même pas les faire, ses foutus sablés à l'amande, il avait dit qu'il m'apprendrait et puis on a oublié, on avait toujours d'autres trucs à faire. Y aura plus jamais de sablés à l'amande, et ça, cette idée-là, ça me fait comme un coup de poing à l'estomac et je me plie en deux de plus pouvoir respirer, dans les bras qui sont pas ceux de mon père, et qui deviennent beaucoup trop lourds autour de moi, j'essaye de les repousser, mais ils résistent, j'arrive à rien, alors je laisse tomber et je m'accroche à ce que je peux, c'est des épaules je crois, et je me mets à pleurer comme une rivière qui déborde, avec l'impression que les sanglots vont finir de m'écraser, comme un vieux blaireau tout plat qui s'est fait défonce sur l'autoroute, et qu'on laisse là parce que c'est trop galère à ramasser, et qu'on se dit que les poids lourds finiront le travail, une vieille bouillie de blaireau sur le beau tapis persan. Déso les riches, ça va être chaud le ticket de pressing.

– Ça va aller…

C'est seulement quand il parle que je réalise que je suis accrochée à Haroun comme un bulot à son rocher, genre je suis née là, alors que je lui ai adressé la parole pour la première fois de l'Histoire y a à peu près dix minutes.

De voir ses trous de nez de si près, ça me fait redescendre direct.

– Voilà…

Du calme, génie, c'est pas grâce à tes pouvoirs magiques de consolation que j'ai arrêté de pleurer, c'est la surprise, je te dis.

– Pardon.

Je me redresse et j'arrange mes cheveux, digne, genre je suis la reine d'Angleterre.

– Tu veux manger un truc ?

Non, vraiment pas. Grimace automatique, mais comme j'ai l'intuition que c'est moyen poli, surtout pour les standards de la Queen Mum, je tente de la transformer en sourire. C'est moche.

– Euh, non, déso. Ça va, je suis un peu fatiguée, en fait, je crois.

– Sans déc. Je te ramène à ma chambre ? Tu peux partager mon lit avec ta sœur, si tu veux. Moi je peux dormir à côté.

Je sais pas comment cette journée arrive à être à la fois la meilleure et la pire de ma vie, mais le bon truc, c'est que je commence à dépasser ma phobie des ascenseurs, à force de faire des montagnes russes émotionnelles. Derrière Haroun, la tête de Pia est à mourir de rire, elle me regarde tellement par en dessous que j'ai peur que ses yeux tombent sur le parquet. Si je la regarde une seconde de plus, ça part en fou rire direct. Du coup je dis ok, et nous revoilà partis Haroun et moi pour le couloir de la mort, même si je m'angoisse un peu de pas avoir pensé à prendre mes pompes de rando.

18.

Je reconnais la porte de sa chambre du premier coup, je crois que je suis prête pour être riche, moi aussi.

Mais en fait j'ai pas envie qu'il l'ouvre cette porte, ni qu'il me range dans sa chambre pour la nuit avec ma sœur, j'ai pas envie qu'il reprenne le couloir intersidéral pour retourner à son autre dimension, la dimension normale de l'univers, celle où il existe très loin de moi, où je le regarde à distance à travers la cour de récré, où il m'a jamais parlé, puisqu'il discute qu'avec des êtres humains du même niveau que lui, c'est-à-dire : pas moi, et où il va épouser une princesse et adopter des souris qui parlent.

Je réalise que ça a été chaud, cette journée, tout est allé tellement trop vite que j'ai pas eu trop le temps de me demander ce qui s'était passé pour de vrai avec Haroun, et que j'ai fini par admettre le truc, comme si c'était normal de me retrouver chez ses vieux, de chiller tranquille dans sa cuisine, et puis qu'il me regarde avec son sourire de magazine. Comme si y avait un monde où c'était possible qu'il m'ait repérée au milieu du milliard d'élèves du lycée. Genre j'étais l'élue, quoi.

Mais maintenant que je commence à avoir un peu le temps de penser, je capte que je me suis forcément fait des films : s'il m'a parlé, dans la cour, ce matin, c'est sans doute parce que j'étais la seule meuf qui traînait dans le quartier à cette heure-là, et qu'il avait besoin de vérifier que son aura du matin sentait bon la violette. Et puis il a bien vu que j'allais mourir de bonheur, et comme c'est un gentil garçon, il a consenti à faire un peu la conversation.

Quand il se tourne vers moi, pourtant, je vois un truc dans ses yeux qui me fout par terre.

Pas encore vraiment quelque chose, juste une impression. Un truc qui ressemble à une question qu'il voudrait me poser, mais qu'il ose pas. En voyant ça, j'ai le cœur qui se lance dans une démo de flamenco à des endroits pas du tout normaux de mon corps. Ça cogne dans mes oreilles et dans mon ventre, mais y a plus personne dans ma poitrine.

Nos yeux s'accrochent, il bouge plus, et moi je respire même plus, comme si l'oxygène du couloir était devenu payant, et puis j'attends qu'il me dise quelque chose.

Parce que oui, ça a l'air assez clair, ce qu'il veut me demander, mais tout ça, ça a l'air tellement paranormal que je m'attends à voir la NASA débarquer avec des instruments chelous et des combis anti-radiations.

Et vu mon degré de certitudes, en termes de ce qu'il a dans la tête, j'ai pas très envie de me lancer toute seule dans l'aventure, des fois que je me goure complet. Parce que si c'est une erreur d'interprétation de mon esprit malade – et obligé c'est ça – s'il se met à crier au viol, je pourrai jamais plaider qu'il avait l'air d'être d'accord. Je veux dire, c'est *Haroun*, quoi. D'où j'imagine qu'il est d'accord ?

Et puis justement, c'est Haroun, et lui, il peut partir du principe que la meuf en face elle est ok, vu qu'un seul de ses regards peut te transformer l'intégralité de la matière grise en béchamel, du coup je vois pas pourquoi ça l'angoisserait d'assumer un minimum les risques.

Ça veut forcément dire que tout ça c'est dans ma tête malade de meuf droguée aux hormones. Donc : du calme.

Mais quand même, c'est long, ce moment-méditation sur la moquette.

Haroun bouge toujours pas, et il a toujours pas lâché mes yeux, je sais pas pourquoi. Peut-être que la première hypothèse était la bonne, en fait c'est vraiment un robot, et dans ce cas j'ai le regret de vous dire que ça doit être un modèle d'expo, parce qu'il a planté. Franchement ça serait un bon twist qu'il soit un cyborg. Et puis c'est toujours plus crédible que ce mec parfait en train de faire une crise de timidité soudaine face à une meuf d'un mètre dix, rébouc commc unc huître, avec les dents qui se barrent en sucette.

Après, moi c'est pas grave, je m'ennuie pas.

Vu le spectacle, j'ai de quoi m'occuper toute la nuit rien qu'à compter ses jolies fossettes, et à imaginer, de loin, l'odeur de sa nuque, ou comment sa peau doit être douce, et ça suffit complètement à mon petit bonheur. Alors s'il se décide pas à se bouger les fesses, moi ça me va, juste on risque de rester là un moment, j'espère qu'il a pensé aux sandwiches.

Sauf qu'il se décide à bouger. Pas beaucoup, faut pas non plus déconner, mais il penche un peu la tête sur le côté, avec un petit sourire timide qui me dit rien de plus, qui me demande juste de répondre à sa question. Moi j'ai envie de lui dire que j'ai remarqué qu'il l'a pas posée, sa foutue question. Pardon, mais je trouve que c'est un peu trop facile si c'est moi qui dois me faire la conversation toute seule.

Tout de même, j'ai un peu peur que si je me manifeste pas un minimum on finisse par mourir ici. Donc attention, je me lance, mais pas trop quand même, l'eau est froide.

– Mmm…

Yolo.

Appelez-moi Indiana Jones. Qui a dit que je savais pas prendre des risques ?

Ceci dit, c'est déjà plus d'efforts que lui. Et puis maintenant, au moins, la balle est dans son camp et il le sait : déjà il récupère un peu d'élan pour finir de se tourner vers moi, ce qui est pas mal, parce qu'à force de se faire des nœuds à la colonne vertébrale comme ça, il va finir par se québlo un truc, et à devoir marcher à l'envers, en mode exorciste, le reste de sa vie.

Mais il garde la main sur la poignée, par sécu, ce qui est un peu bizarre parce qu'il a pas l'air d'être parti pour l'ouvrir sa porte. C'est peut-être qu'il reste accroché en cas de naufrage, il sait que c'est son unique chance de survie, vu que bon, il a vu *Titanic*, et qu'il connaît les bails.

Je me demande s'il me laisserait sa porte pour que je me transforme pas en bâtonnet de poisson surgelé. Je me réponds que c'est beaucoup trop tôt dans notre relation pour que je me pose la question. C'est vraiment long, peut-être que c'est lui, le surgelé. Est-ce que quelqu'un l'a cryogénisé en scred sans que je remarque rien ? Je jette un coup d'œil sur la moquette pour vérifier qu'il est pas en train de fondre, mais non.

Finalement les fils doivent se brancher dans sa tête, parce qu'il perd son sourire et son petit air tranquille, et sa bouche part sur le côté, genre il réfléchit à quelque chose de beaucoup trop compliqué pour le commun des mortels, genre une équation à douze inconnues, ou la trad d'une chanson d'Aya Nakamura en grec ancien. Bienvenue dans le monde du silence, je commence à capter ce que ça doit être la vie sous la mer, je suis tentée de laisser tomber un truc pour être sûre que c'est pas mes oreilles qui ont grillé.

Rien de plus, juste il me renvoie une question, avec ses grands yeux clairs, comme pour vérifier.

– Mmmm ?

Il se fout de moi, ce bâtard, il va faire zéro effort.

Une moitié de moi hallucine complet de tant de timidité, c'est très très choupi, cette rock star en pleine crise de confiance, qui ose pas réclamer.

Mais l'autre moitié de moi demande à la première d'arrêter la beuh, vu que même dans Disney, le prince bouillave pas la souillon sans qu'il y ait intervention divine en amont, et que moi j'ai pas de Marraine la bonne fée, donc il a sans doute seulement envie d'éternuer.

Du coup j'hésite entre lui rouler des pelles et lui tendre un mouchoir.

Rien. Très bien, il veut jouer. C'est à moi, donc ? À moi.

– Mmmm.

Encore deux allers-retours comme ça, et on écrit un manuel sur le comique de répétition.

– Mmmm ?

Il est sérieux. Il veut une confirmation. À une question qu'il a toujours pas posée, donc.

Moi je veux bien qu'on soit à cheval sur le consentement, mais on est d'accord que pour accepter une proposition faut qu'on commence par vous la faire, non ?

Il paraît que les lois de la physique expliquent qu'on est en mouvement, soit dans l'espace soit dans le temps. Que plus tu te déplaces d'un côté, moins ça bouge de l'autre. C'est pour ça que dans les films d'astronautes, les mecs partent dix minutes à l'autre bout de l'univers, et qu'ils reviennent pile à l'heure pour enterrer leur arrière-petite-fille.

Là, on est tellement immobiles, tous les deux dans ce couloir, qu'on va avoir quatre-vingts ans dans trois minutes si je fais rien pour que ça change.

– Mmm.

Cette fois, j'ai hoché la tête avec, j'ai fait oui oui – je sais pas trop à quoi, donc, mais j'ai rendu ça très clair que je suis ok pour tout. Je sens que chez lui, ça se détend un peu, il laisse enfin tomber ses projets de vie commune avec la porte de sa chambre, et il fait un pas vers moi. Juste un pas, mais on se retrouve face à face, c'est ouf, ça, j'avais pas l'impression qu'on était si près.

Je sens son odeur. Il a un vrai parfum, comme un vieux, pas un déo pas cher d'ado du tiéquar, plutôt ce genre de trucs auxquels on pense, quand on prend un air pincé de comtesse et une voix perchée pour dire « Il porte des notes subtilement boisées », même si personne sait vraiment ce que ça veut dire, et que je suis sûre que les parfumeurs ont inventé n'importe quoi pour nous vendre leurs machins douze mille deux cents fois plus cher.

Il lui va beaucoup trop bien, son parfum. C'est une odeur chaude, comme si elle transportait avec elle la chaleur de sa peau. Et tout d'un coup j'ai envie de le toucher, je sais pas si c'est à cause du parfum, mais j'ai envie de sa peau comme j'ai jamais eu envie d'autre chose, de poser ma main le long de son dos, sur sa hanche, sous son tee-shirt qui bâille un peu. Je me mords la lèvre très fort pour me retenir, parce qu'on m'a rien demandé, et que j'ai pas envie d'aller en prison, et je le regarde, au-dessus de moi. Il a recommencé à sourire. Il sait. Bâtard.

– Mmmh ?

Cette fois c'est pour rire, mais moi j'en peux plus de ce jeu, il a fini de me rendre ouf, et je suis à la limite de pleurer d'impatience.

Je crois qu'il comprend, parce qu'il arrête de sourire et qu'il se penche vers moi, lentement. Je ferme les yeux, et je sens son souffle sur mon visage, j'ai l'impression d'un tigre qui attendrait, tout près, le bon moment pour me dévorer, c'est doux et c'est dangereux. Il me touche pas encore, mais je sais qu'il est là, je sens presque la peau de ses lèvres contre ma joue, qui me fait frissonner.

Et puis je sens sa bouche qui se pose sur ma bouche, très doucement, qui embrasse ma lèvre du bas, ses dents qui la mordillent gentiment.

Et puis je bascule.

J'arrive plus à retenir la vague d'émotions qui me dépasse, alors je jette mes bras autour de son cou pour l'attirer contre moi, pour l'embrasser plus fort, je passe mes doigts dans l'épaisseur de ses cheveux, pendant qu'il glisse ses mains le long de mon dos, j'ai l'impression d'y tenir tout entière, dans ses grandes mains chaudes. Comme si c'était ma place.

J'arrive pas à arrêter de l'embrasser, comme si j'avais quinze ans à rattraper, de pas avoir été contre lui, et je sens qu'il est comme moi, il est pressé et maladroit. Il me prend le visage dans ses mains, je sens son cœur qui bat très fort contre ma poitrine, et c'est officiellement le baiser le plus incroyable de ma vie.

À un moment, peut-être juste avant de mourir d'asphyxie, on s'arrête.

Il me regarde avec son sourire de mec content de lui, et puis il rigole un peu.

– Quoi ?

– T'as l'air étonné. On dirait que tu viens de te réveiller sans savoir comment t'es arrivée là.

Sans déconner, mec.

Je vais certainement pas te le dire, mais à la première seconde de cette pelle de la mort, j'ai fait une mini-attaque, je suis sortie de mon corps, en mode *Near Death Experience* : à la fois j'étais en bas, en train de vivre le truc le plus cool de ma vie, et à la fois en haut, au plafond, en train de regarder tout ça et de me dire que, putain, c'était vraiment en train d'arriver, ce truc impensable. Et je pense même que j'étais plusieurs, là-haut, parce que pendant que l'une d'entre moi était en train de vivre la time de sa life, les autres se faisaient des high fives et prenaient des selfies, hashtag queenoftheworld.

Haroun me prend la main, elle a l'air toute petite dans la sienne, il la caresse doucement du bout des doigts, je crois que j'ai jamais croisé un mec avec les paumes aussi douces.

– Ça va ?

Je fais oui avec la tête, parce que j'ai suffisamment fait d'efforts de communication pour les huit prochains mois. Et puis j'ai pas envie de discuter de la vie, j'ai envie qu'il m'embrasse encore. Je tire sur son tee-shirt pour l'attirer vers moi, pas trop fort, parce que vu comme il est doux ce machin, il doit être en poil de ver à soie centenaire, si j'abîme ça j'aurai pas assez d'une vie pour rembourser. Heureusement, ça résiste pas trop en face.

Quand il recommence à m'embrasser, on est tellement pressés qu'on a les dents de devant qui se cognent, rebonjour les années collège, pourtant j'ai pas l'impression de l'avoir joué discrète sur la dentition. Il continue de m'embrasser, pas perturbé plus que ça, j'ai l'impression de plus entendre que sa respiration, de plus en plus profonde, de plus en plus pressée, et je capte d'un coup que mes mains ont pas attendu mon autorisation pour trouver le chemin de sa peau, elles se sont débrouillées comme des grandes pour passer son tee-shirt à huit mille euros, et se plaquer contre ses hanches et son dos. Il frissonne, je dois avoir les mains froides, mais comme il a pas l'air de se plaindre, je reste où je suis. Sous le bout de mes doigts sa chair est chaude, et j'ai jamais touché un truc plus doux de ma vie, la vérité, obligé, ce garçon a été élevé dans du beurre.

Je sens ses mains à lui qui descendent le long de mes hanches, ses longs doigts fins, et ma respiration devient si pressée que je mélange les inspirations et les expirations, c'est l'embouteillage général, plus personne sait quoi faire chez mes organes et ça s'engueule dans tous les sens.

Et au moment où je pense que je vais mourir à force d'avoir perdu le mode d'emploi de la respiration, il s'arrête et il pose son front contre le mien. Je suis partagée parce que le premier truc qui me vient c'est de chouiner qu'on s'en fout de respirer, mais d'un autre côté, c'est vrai que j'allais bientôt finir plus bleue que ma grand-mère devant la Gay Pride.

– Tu veux dormir dans la chambre d'amis avec moi ?

C'est une vraie question ?

– Y a pas Pia dans la chambre d'amis ?

Il se marre.

– On en a deux.

Bien sûr.

C'est vraiment pas que j'aie pas envie, mais je suis pas certaine de vouloir laisser ma sœur se réveiller toute seule dans le palais d'Aladin. Il capte mon regard vers sa porte, et il sourit.

– Une autre fois?

Ok, donc c'est le plus prince charmant de tous les princes charmants. J'espère qu'on pourra faire un tour en tapis volant.

Il attrape ma main entre ses doigts, et il m'amène doucement vers sa chambre. Étalée en travers au-dessus des draps, Assia dort en mode étoile de mer, elle prend autant de place que si elle faisait deux mètres dix.

– Tu veux que je te passe un truc pour dormir?

Je secoue la tête. Pas le temps, j'ai les nerfs qui lâchent de partout, et je m'écroule sur le lit, à côté de ma sœur. Je sens qu'il me reste dix secondes de batterie, je dois être en train de clignoter en rouge. Je vois bien qu'Haroun sait plus où se mettre, et il va partir, et j'ai pas envie qu'il s'en aille, alors je rassemble la totalité de l'énergie qui me reste dans le corps, si ça se trouve il en reste un peu dans les doigts de pied, pour tendre la main vers lui, pour lui dire de s'allonger à côté de moi. Il revient vers nous, hésite un peu devant les deux centimètres d'espace que nous laisse ma sœur contre le mur, je le vois faire de la géométrie dans sa tête, mais j'insiste un peu d'un geste de la main : j'ai beaucoup joué à Twister dans ma vie, et là mon pote, je sais déjà que ça passe easy.

Il se glisse derrière moi, et me prend dans ses bras. Je sais pas si c'est la chaleur de son corps ou l'impression d'être en sécurité pour la première fois depuis des mois, mais mes muscles se détendent d'un coup, ça fait si longtemps que je suis en mode brique incassable que j'ai un peu peur de me mettre à couler sur le tapis. Mais je suis si décalquée, je crois que je dors déjà quand Haroun commence à passer doucement ses doigts sur mon bras.

19.

J'ai déjà vu cette tête quelque part, pourtant je suis à peu près sûre qu'on se connaît pas. Déjà, je fréquente peu de types de quarante balais avec un air à avoir un abonnement au PMU local, du coup je me souviendrais.

En même temps, je crois que j'ai déjà vu cette tronche quelque part, le mec a une gueule à faire passer une portée de chatons rien qu'en regardant la mère de travers, un truc hardcore, pas le genre de faces que t'oublies quand tu les croises. J'arrive pas à le remettre, mais lui il a l'air de bien savoir qui je suis, vu sa gueule de mérou, et ça a pas l'air de lui procurer un plaisir de ouf de me croiser. Il me regarde, genre je lui ai piqué son ticket de Quinté, alors que pour une fois il l'avait complet dans l'ordre.

Je vois vraiment pas qui c'est, pourtant j'ai pas tout à fait l'âge de faire des crises fulgurantes d'Alzheimer. Je me retourne, peut-être que mon père le connaît, l'homme à la face de poisson pas content derrière son volant, mais en tournant la tête je capte.

Le mec a grillé le feu rouge. Il va rentrer dans la portière.

20.

Bonjour bonjour, Réalité.

Y a des matins où je reviens dans ma tête avant que le reste de mon corps se réveille. Mais c'est rare. Parce que d'habitude, je suis trop cuite de fatigue, et le réveil c'est que de la douleur. Tous les matins, la vie me force à émerger en tapant avec une spatule en bois sur un cul de casserole, sauf que la casserole c'est ma tête. Du coup, y a pas moye de savoir si mes yeux ont convoqué mon cerveau, ou si mon cerveau a rameuté mes yeux, de toute façon, c'est au niveau des oreilles que ça se passe en premier, vu comme il me manque systématiquement cinq heures de sommeil pour finir ma nuit, c'est le monde qui s'occupe de faire du bruit jusqu'à ce que je revienne à moi.

Pas là. Là, je suis complètement de retour avant d'ouvrir les yeux, et je vois l'intérieur de mes paupières, événement rare, ce qui doit vouloir dire que j'ai dormi assez, ce qui doit vouloir dire que j'ai dormi trop.

Il fait très très jour. Le matelas d'Haroun est le plus moelleux du monde, fallait s'y attendre, et j'imagine que sa couette est faite avec les meilleures plumes des meilleures oies des meilleures fermes à oies de la terre, du genre qui nourrit les bestioles au caviar et qui les masse tous les jours à l'huile de truffe. J'ai dormi comme jaja.

Du coup ma frangine en a profité pour se faire la malle, évidemment, et y a plus personne dans le plumard. Je sais pas dans quel état de panique elle est, si ça se trouve elle s'est barrée par la fenêtre pour aller à l'école, ou pire, pour retrouver maman. Et maintenant elle zone dans une rue qu'elle connaît pas, pleine de gros camions, de méchants pédophiles et de meutes de loups affamés. J'ai pas fini de faire la liste des catastrophes qui pourraient arriver que j'ai sauté dans mes pompes direction la porte.

Et maintenant, choix stratégique : couloir à gauche, ou couloir à droite, parce que, si je me plante de direction, vu la longueur du truc, je perds deux heures dans l'aventure. Zéro indice sur le côté qu'a choisi Assia, ce serait trop facile, bien sûr. Je prends au pif à gauche, vu qu'à droite, faut croiser un miroir, et que là, maintenant, j'ai pas la foi. En route pour l'aventure.

21.

– Vazy t'es un narvalo, toi !

Ça rigole sévère derrière la porte de la cuisine.

Ok, ma sœur est vivante, bon point. On lui a appris à parler comme un wesh de treize ans, moins bon point, mais sur l'échelle morte-pas morte, c'est très très secondaire. Je passe une tête dans la pièce, et je découvre ma petite crevarde de sœur bien calée sur les genoux d'Haroun, le nez dans un lait grenadine plus gros que sa tête, en train de faire le show pour faire marrer la galerie. J'entre.

– Dis donc, comment tu causes, toi ?

Assia rigole de sa propre bêtise, je comprends pas pourquoi c'est tellement trop mignon à cet âge-là, alors que les adultes qui rigolent de leurs blagues sont tous des boloss intégraux. Elle glisse des genoux de Haroun, et elle me saute dans les bras pour un câlin du matin. Je viens de prendre +1 000 en charisme, merci la frangine. Je la porte jusqu'à la table.

– Elle a eu son lait grenadine ? T'es pas gênée, la sauterelle hein ?

Pia rigole.

– *Son* lait ? C'est le troisième !

Gégé, donc je vais me taper la matinée avec une gosse qui produit plus de gaz qu'une vache normande, trop de fun, vive ma vie. Assia capte mon regard pas très content, alors elle se cale les mains sur les hanches et me fait le rot le plus dégueu qu'elle peut lancer sans exploser. Cette môme a des chances très sérieuses dans n'importe quel concours de rugissements de T-rex. Tout le monde se marre. C'est ça, encouragez-la, merci.

– Tu veux un croissant ?

Haroun me jette un regard au-dessus de l'assiette de viennoiseries, qui me rappelle que la nuit dernière a existé. Pia, en face de moi, est ravie de ce spectacle, il lui manque plus que le pop-corn.

– Grave, cimer.

Je prends un croissant juste avant de me rappeler que j'aime pas les croissants. Va falloir que je me méfie de ce que les yeux de ce mec font à ma volonté, ça me rassure moyen. En attendant je mâchonne gentiment mon bout de machin spongieux, on dirait de l'huile solide, en cherchant autour un moyen de le planquer discretos, une poubelle, un panier de fruits, un sac à main, n'importe quoi, mais c'est le temple de l'hygiène ici, ultramoderne et tout blanc, je me demande combien ils ont de femmes de ménage dans leur armée.

Myriam descend de son tabouret.

– Bon, moi j'ai cours dans douze minutes, faut que je glisse.

Pia regarde sa montre, et ouvre de grands yeux.

– Ah ouais, putain, il est trop tard, en fait.

Elle saute sur ses pieds.

– Tu viens pas, j'imagine ?

Tu imagines bien, sista. Je vais pas traîner Assia à l'école par une journée pareille, j'estime qu'on a bien mérité un petit instant relaxation. Haroun sourit.

– Je reste avec vous jusqu'à dix heures.

– T'as pas cours ?

Myriam est morte de rire.

– Si si, philo. Le prof est amoureux de lui.

– Il est pas *amoureux*...

– Il veut ton corps, et tu le sais.

Haroun soupire.

– Tu dérailles. Mais bref, je me débrouillerai, quoi.

Les filles partent en rigolant, Pia me fait un clin d'œil à zéro sur l'échelle de la discrétion, et je me retrouve seule avec Haroun et Assia et mon croissant.

– Dessins animés, ou bien ?

Haroun est un génie de la corruption. Trois minutes qu'elle le connaît et Assia le regarde avec les yeux de l'amour, et moi j'existe déjà plus. Mais c'est pas grave, parce que je suis posée, là, sur mon fauteuil avec les doigts d'Haroun qui caressent doucement mon avant-bras, pendant que ma frangine, en tailleur sur le tapis, attend que ses yeux fondent, le nez collé à la télé. En plus j'ai réussi à lâcher en scred le croissant sur le bar.

On est bien. J'ai envie que le temps s'arrête. Mais évidemment, il file à toute vitesse, comme s'il voulait éviter quelqu'un qu'il vient de croiser dans la rue. Je crois que c'est le pire signe de l'existence de Dieu, ce truc avec le temps, qui fait que ce qui est horrible et qui fait mal passe comme si tu regardais ta vie au ralenti, et que les moments swag, tu les vois à peine passer. Pour inventer ça, la relativité du temps, faut une intelligence. Une intelligence très très sadique. Pendant qu'Haroun me caresse le bras, je me demande si les gens heureux meurent plus jeunes que les autres, du coup, en ressenti. Est-ce que c'est une façon d'équilibrer la balance ? Plus t'es malheureux, plus t'as l'impression de vivre de trucs ? Mais si on réfléchit, est-ce que ça équilibre vraiment, d'avoir l'impression de vivre sa vie pourrie trois fois plus longtemps ?

– Tu veux faire quoi ?

– Là maintenant ?

J'avais pour projet de sédimenter dans ce fauteuil jusqu'à la prochaine ère géologique, pourquoi ? Il se marre, je crois que je l'ai dit tout haut.

– Je voulais dire, pour la suite ? Mes vieux doivent rentrer vers quinze heures, moi je serai pas là, j'ai un DST, mais c'est pas un souci, je peux les prévenir que vous êtes ici toutes les deux. Ils vont t'aider, avec les papiers, et tout.

– Non.

C'est sorti vite, c'est sorti tout seul, et c'est sorti un peu trop fort, aussi, vu la tronche d'Haroun. Je sais pas encore pourquoi, j'ai un peu le raisonnement qui pédale après l'instinct, mais je sais qu'il faut pas que les parents d'Haroun se mêlent de mes galères. Je veux bien qu'ils soient coolos, mais vu le standing de leur salon, c'est sans doute pas exactement des hippies irresponsables, et probable que ça va les faire flipper leur race, ces deux gosses à la rue. Ils voudront jamais nous planquer, et ils vont pas non plus me croire si je leur dis qu'Assia et moi on se débrouille très bien toutes seules. Deux coups de fil et on se retrouve à la DDASS avant d'avoir eu le temps de dire zgueg.

– En même temps, j'ai l'impression que vous avez pas trop de meilleur plan, là…

Non, mon bel Haroun. Mais j'ai l'impression que si je te vends les mérites de l'impro, là tout de suite, je suis bonne pour que t'appelles toi-même les services sociaux.

– Si, si.

– On va aller chez tatie ?

Ma sœur me bute, c'est ouf. Elle a même pas décollé son museau de son épisode de Tintin pour me sauver la vie. Je comprends pas trop pourquoi elle a eu les yeux vert pistache *et* l'intégralité des neurones dans la grande distrib des qualités familiales, faudra que je pense à remplir un formulaire de réclamation, mais pour l'instant elle vient de sauver nos quatre fesses. Y avait zéro moye qu'Haroun croie à ma tante imaginaire, mais maintenant qu'Assia l'a posée là, avec sa petite tête d'ange de la perfection, il peut plus douter.

– Ouais, on va aller chez ma tante. Elle était pas là hier, mais pour les prochains jours c'est bon.

– T'es sûre ? Ça va aller ?

Miskine. Il est tellement gentil, j'ai l'impression de mentir à un bébé loutre qui voudrait me tenir la main pour la nuit. En même temps j'ai pas le choix, tant pis je ferai un don à la SPA pour me faire pardonner.

– T'inquiète, mec, je gère. C'est pas très loin en plus. On sera bien. OKLM, t'sais.

Il se marre un peu. J'aurai jamais fait autant rigoler quelqu'un, c'est un peu perturbant vu l'ambiance générale de ma vie ces derniers temps, mais pourquoi pas. Il se lève, et se penche vers moi pour recoiffer une mèche de cheveux qui me tombait dans les yeux, il a dû piquer ce geste dans le manuel des comportements trop mignons à destination des princes charmants.

– Bon, pas de bêtises.

– TMTC.

Il sourit, mais c'est clair qu'il capte ma tentative pathétique de le faire rire encore une fois, et qu'il comprend très bien que je fais ça pour qu'il reste encore un peu penché sur moi, pour que je me noie dans son odeur, encore une seconde. Parce qu'en vrai, je sais qu'on va pas se revoir tout de suite, tout de suite.

Il me fait un bisou sur la joue, ce qui fait qu'Assia se retourne comme si elle était montée sur ressort.

– Eh, vous faites quoi, là ?

– Je te montre ?

Il se lève et va faire un bisou sur le front de ma sœur, tellement gentil et parfait qu'elle oublie de s'essuyer en chouinant qu'elle déteste ça. Moi c'est simple, je veux l'épouser sur ce canapé. Il me fait un petit signe.

– Vous claquez la porte derrière vous ?

Je hoche la tête et puis c'est fini. Si j'étais pas encore en plein milieu du palais d'Agrabah, je penserais avoir inventé ma nuit avec Aladin. Je sens la tristesse qui monte, et va falloir que je m'occupe vite, ou je vais me transformer en petit tas de seum en gelée.

22.

On a cinq heures avant que les vieux d'Haroun débarquent, autant rigoler un peu.

– On visite ?

Pour le coup y a de quoi passer le temps. On commence par la chambre d'Haroun, surtout pour que je puisse répondre à la question la plus capitale du monde – slips ou caleçons imprimés bananes, donc – et évidemment c'est boxers noirs, je suis presque déçue par ce gros manque d'originalité. J'ai une hésitation devant sa table de nuit, mais les tractations dans ma tête aboutissent vite à la conclusion que j'ai pas de race, et j'ouvre le tiroir.

Pas de magazines de boules, pas de photos creepy de petites filles, pas de sudoku, jusqu'ici, bravo mon gars, c'est un sans-faute. Y a pas grand-chose dans son tiroir, un bouquin de Boris Vian, une photo de sa sœur – ok ça, c'est chelou – son parfum, qui termine dans ma poche avant que j'aie le temps de dire à mes doigts que c'est pas ok. Et puis après tout, ça va, depuis hier ma vie sent le pâté de foie, j'ai le droit.

À côté de la chambre d'Haroun c'est celle de Myriam, qui a une salle de bains privative, parce que wallah c'est dur la vie de château. C'est une vraie salle de bains de fille, avec des étagères pleines de khôl et de rouges à lèvres, et des colliers de petites perles multicolores accrochés partout aux murs.

Forcément, ces bidules qui brillent dans tous les sens, y a de quoi réveiller la passion paillettes d'Assia. Aujourd'hui on a dit que tout est permis, alors je dis ok pour le maquillage, mais juste un peu – et évidemment, un peu mon cul : au bout de dix minutes, ma frangine ressemble au parfait mélange entre une reine du cosplay et le clown de Mc Do. Je sais pas comment on a réussi à faire tenir autant de couleurs sur un si petit machin sans que ça explose. Et moi elle m'a peint la figure avec la subtilité d'un carwash, en coloriant sans suivre les bords. Je me sens comme un Picasso qui s'est tiré de son cadre sans prévenir. On sort de la salle de bains en se dandinant en musique comme pour miss France, haters gonna hate.

Sa mère.

Assia remue ses fesses de mouche tout ce qu'elle peut, sans remarquer que je me suis congelée sur place à un mètre derrière elle.

Faut dire qu'en face, une foule et demie nous regarde rouler du cul en cadence : sur le mur de Myriam, des dizaines de Polas de ses potes qui regardent droit devant eux sans expression, comme une armée de zombies. De zombies très stylés, vu que les potes à Myriam c'est pas n'importe qui. Tous ces regards vides, qui regardent le vide en face, j'ai jamais rien vu qui dise aussi bien le froid du monde, et ça me congèle. Assia a dû sentir le vent froid dans son dos, parce qu'elle repère enfin les photos sur le mur, elle aussi. Elle a la bouche ouverte jusqu'aux genoux.

– C'est trop beau !

Ça me rassure, qu'elle voie le beau là-dedans, et pas l'angoisse, je me dis que c'est parce qu'elle est pas trop foutue en l'air, encore.

– Tu veux qu'on en prenne une de nous ? On lui affiche, pour faire une surprise ?

Parce que je viens de repérer l'appareil photo sur la commode, et que d'un coup j'ai hyper envie de choper la drôle de bouille de ma sœur, de la figer comme ça, barbouillée de couleurs, pour que le monde garde le souvenir de cette journée où elle s'est trouvée jolie, sans avoir besoin de personne pour valider ses choix esthétiques hasardeux, juste parce qu'elle aime les couleurs qui vont pas ensemble et que pour elle, le pigment, c'est la joie.

On s'installe sur le lit de Myriam, tellement aussi dément que celui de son frère que je suis tentée de me rendormir, pour rattraper mes dix mille heures de retard de sommeil, mais Assia compte sur moi alors je me concentre très fort sur la mission d'appuyer sur le déclencheur du foutu Pola. Toutes les deux sur le dos, maquillées comme si j'emmenais ma sœur à un concours de mini drag-queens, on prend la pose face à l'objectif.

– On dit quoi ?

– Fromage ?

Je pensais pas qu'elle se rappelait ça, que papa trouvait malin de nous faire crier « fromage » avant chaque photo de famille, ce qui faisait qu'à Noël et aux anniversaires, même tarif, on avait tous une vieille tête pourrie, la bouche ouverte et les yeux fermés, pour des siècles et des siècles.

– Va pour fromage.

– Fromaaaaaaaaaage !

Je pousse sur le bouton et Assia se jette sur la photo qui sort comme si elle était en chocolat.

– Oh non, elle est cassée...

Elle est cassée ?

Je regarde le truc : la tof est sortie blanche, alors forcément, ma sœur est déçue, rapport à l'effort qu'elle a fait sur sa propre colorimétrie.

– Mais non, attends, nouille.

Je lui colle le bout de papier sous le nez, et on attend de réapparaître. Au départ c'est juste deux fantômes qui flottent sur un fond vaguement gris, et puis ça devient vite deux fantômes maquillés comme des putes sur un fond bariolé à s'en faire péter la rétine. Il a raison Haroun, on se ressemble grave, ma petite sœur et moi, et ça me serre le cœur de chagrin, de nous voir toutes les deux, avec le même smile tordu que papa, j'en ai mal au bide comme si c'était la dernière fois qu'on se prenait en photo ensemble.

– On la met sur le mur ?

Assia met deux plombes à choisir la place, on dirait un chat à qui t'as ouvert la porte, parce qu'il hurlait devant à s'en faire flamber les moustaches, et qui décide qu'en y réfléchissant, il a plus très envie de venir, enfin si, enfin non, enfin peut-être, mais juste au milieu de l'ouverture de la porte, alors.

– Bon, tu te speedes, microbe, ou bien ?

Je veux dire, on a vu deux pièces sur trois cents, et je voudrais pas louper la piscine à vagues à la cave, je me dis qu'avec un peu de bol, ils ont des dauphins.

La pièce d'à côté c'est la chambre des darons, tout en tentures de soie bleue et meubles en bois, j'ai l'impression d'être entrée dans un magazine de déco, alors je fais gaffe à pas me prendre les pieds dans le titre de l'article. Y a tellement de vêtements dans le placard qu'on se croirait dans une usine de coussins, y a de quoi habiller la moitié des enfants du tiers-monde en plumes d'autruche et soie imprimé léopard, et ça, ça aurait de la gueule. Visiblement, la passion du kitch de Myriam est une maladie génétique des yeux. J'attrape une sorte de toge dorée avec des franges.

– T'essayes ?

Je crois pas qu'Assia ait jamais vu autant de doré d'un coup dans sa vie. Elle se précipite dessus les mains en avant pendant que je m'enroule dans un kimono imprimé flamants roses.

– Elle est en or ?

– C'est ça, elle est en or, Gollum. Alors la déchire pas.

Assia a mélangé les trous pour les bras et celui pour la tête, et elle se jette sur moi pour que je la démêle, mais elle ressemble de plus en plus à un casse-tête chinois.

– Chhh…

J'attire Assia contre moi, encore emballée comme un Ferrero, et je lui mets la main sur la bouche, enfin là où je pense qu'il y a sa bouche ce qui doit être à peu près ça, et de toute façon ma main fait deux fois la taille de sa tête.

– Aïeuh…

– Tais-toi…

J'ai entendu du bruit dans la maison, et je crois pas qu'Haroun ait parlé d'un chien, ni d'un chat, ni d'un canari, et faudrait que ce soit un gros gros poisson rouge pour mettre un zbeul pareil. Ça fait un bruit de clefs dans la serrure, et je me doute que c'est pas les voisins, vu que les plus proches sont à trente-deux kilomètres d'ici.

– Ah fait chier, la cuisine est dégueulasse… faites des gosses, purée.

Merde. Y a plus de saisons, ma bonne dame, cette année, les vieux ont de l'avance.

23.

Bon, faut qu'on décale. Je tire tout ce que je peux pour enlever la toge d'Assia, mais la fermeture Éclair s'est prise dans ses cheveux, et sa tête va venir avec. Du coup, changement de stratégie, on assume la dorure, et je tire vers le bas. Ça a pas l'air super confort, rien qu'à la regarder ça me gratte, mais au moins Assia a récupéré ses yeux. Je la chope par le coude direction la sortie. Vu la taille de la maison, on doit avoir une petite demi-heure pour sortir discretos avant de risquer de croiser les darons. Le tout c'est de faire les choses dans l'ordre.

D'abord les deux mille kilomètres du couloir Clermont-Pékin, que je commence à bien connaître. C'est le plus dangereux pour nous, parce qu'y a rien pour se planquer en cas d'attaque surprise, juste un gros pot de fleurs au milieu, qui peut clairement pas nous cacher, surtout avec la tête de sapin de Noël qu'on se paye. Heureusement, la moquette de riche nous rend plus light qu'une boisson pour gros.

– Kenza ?

– Tais-toi !

Assia s'est arrêtée, alors je tire un peu plus fort pour qu'elle redémarre. C'est l'avantage de mes dix ans d'avance, je suis encore la plus lourde, et c'est à peu près la seule personne de la ville avec qui le rapport de forces tourne en ma faveur. J'ai vraiment pas hâte qu'elle ait six ans.

Mais là elle résiste un peu plus fort que d'habitude et ça m'étonne parce que dans l'urgence, c'est pas le genre.

– Quoi ?

– Ton sac !

Ton sac, grosse boloss.

Déjà j'ai deux valises à roulettes dans la chambre d'amis, pleines de trucs essentiels comme le jupon rose à paillettes qui brille, mais tant pis, j'ai déjà fait une croix dessus, on va les lâcher là et devenir des gens tristes qui portent des jeans pas du tout roses et qui croient pas aux fées.

Par contre dans le sac à dos y a la moula, et les papiers, et les clefs de l'immeuble, et ça, c'est pas du tout possible de bouger sans. Et la dernière fois que je l'ai vu, c'était avant de me changer en fontaine dans le salon hier soir.

Ma vie c'est de la merde.

– Bien ouej. Bon, cale-toi là, tu bouges pas une oreille, et si quelqu'un vient tu dis que t'es un vase. Je reviens.

Le pot de fleurs est pile assez fat pour faire disparaître ma sœur, et quand je me retourne, y a rien qui dépasse, ça me fait un drôle d'effet, comme si je l'avais rêvée, ma frangine. Ceci posé j'ai pas tout à fait le temps de vérifier que je suis pas complètement schizo et que je me suis pas inventé une sœur imaginaire, alors je lâche l'affaire.

Porte du salon en vue, pour l'instant j'ai croisé personne. Dans ma tête, ça tourne pleine balle pour trouver un plan, au cas où je rencontrerais monsieur et madame Haroun assis dans le canapé. Au choix, je suis la fille des voisins venue demander s'ils ont pas des œufs, ou une ethnologue en pleine thèse sur les mœurs bizarres des riches, ou alors un livreur de sushis perdu depuis 2015.

Personne dans le salon. Je reconnais le tapis persan et la table basse amoureuse de moi, et de l'autre côté, près du fauteuil, le sac à dos défonce par des années de livres trop larges pour lui.

C'est le premier sac à dos que j'ai eu, quand je suis rentrée en sixième, avant j'avais un truc carré à roulettes en plastique pas pratique, qui me donnait l'air d'une mini-hôtesse de l'air low cost. Ma mère râlait, elle trouvait que les livres étaient trop lourds, vu qu'on a inventé l'ordinateur et les Google watchs mais qu'inventer le moyen de pas obliger les gosses de dix ans à tirer cinq fois leur poids en livres de français, c'est trop compliqué. Ma mère, elle arrivait pas à capter pourquoi il valait mille deux cents fois mieux se traîner un sac à dos plein de plomb toute la journée, quitte à se retourner pour mourir sur le dos comme une tortue, plutôt que de tirer un cartable rose à roulettes en plastique. Ma mère, elle est grave imperméable à la notion de charisme. Je l'avais menacée d'une grève de la parole si elle continuait à m'imposer le cartable à roulettes, ce qui l'avait bien fait rigoler, mais finalement c'est papa qui m'a acheté le sac pour mon anniversaire. Je l'ai adoré tout de suite, et je l'ai jamais lâché.

On m'avait fait comprendre que même un hamster, dans notre trente-cinq mètres carrés, fallait pas rêver.

L'injustice de ma vie. Alors mon sac qui ne me quittait jamais, c'est devenu une sorte d'animal de compagnie, moche, rassurant, fidèle.

Par contre, il vient pas quand on l'appelle.

Je respire deux grosses fois, pour me lancer. J'entends les parents d'Haroun qui discutent dans la cuisine, ça a l'air calme, y a pas de raison qu'ils débarquent sans prévenir, donc go, meuf. Sauf que là, c'est moi, et que moi, dans une pièce avec un tapis et une table basse, ça veut dire hommage immédiat à Charlie Chaplin. Du coup, quand je reviens en courant, en mode ninja, avec mon sac dans les mains, je me prends les pieds dans le tapis, parce que oui, c'est un classique, et je m'éclate le tibia sur la table basse, qui doit bien kiffer de se venger de son râteau d'hier. Je me mords la lèvre du bas tellement fort pour pas hurler à la mort que ça se met à saigner de partout, la lèvre et le genou. J'attends la scène de rencontre de l'année : bonjour madame Haroun, bonjour, je suis la zouz cannibale de votre fils, je crois qu'il est à l'école, vous inquiétez pas.

J'éponge mon genou avec ma manche, avant de laisser mon ADN partout sur le beau tapis persan. C'était moins une, j'ai mis du sang sur les flamants roses.

Miskine.

Et puis j'en ai plein sur les mains, je vais en coller partout sur les poignées de portes, en mode peinture rupestre, je vais transformer leur salon en caverne de Lascaux pour hommes préhistoriques de luxe. Je checke qu'ils ont pas une boîte de mouchoirs dans le coin, même des mouchoirs en soie je prends.

Sauf qu'évidemment, je me retourne trop vite. Et qu'au passage, je renverse le petit vase sur la table basse. Parce qu'il y a des gens qui ont deux mains gauches, mais moi mon corps est intégralement constitué de mains gauches qui, en plus, sont jamais d'accord entre elles.

Je vois tomber le petit vase au ralenti… J'ai mille deux cent cinquante images de trucs qui tombent qui me viennent, j'ai le temps de me demander en quoi il est fait le vase, est-ce qu'il va s'exploser par terre, de me dire que non, il a l'air en plastique moche, de trouver ça dommage d'acheter des vases en plastique moche quand on a les moyens de se payer le vase de Soissons, de me dire que si ça se trouve, c'est un cadeau de leurs gamins quand ils étaient petits, d'imaginer Haroun à six ans qui offre un vase en plastique moche à ses parents avec son argent de poche et de me transformer en tas de saindoux attendri, de me marrer en imaginant la tête de ses vieux devant le vase en plastique moche, de me souvenir du jour où j'ai offert à ma mère un collier en pois chiches absolument dégueulasse, qu'elle a porté pendant un mois, de me rappeler comme j'étais tellement trop fière de cette idée d'enfiler des pois chiches, de chercher d'où me venait cette passion de la légumineuse, et de me rappeler que je trouvais que ça ressemblait à des cœurs, j'ai aussi le temps de me dire que quand même, elle doit m'aimer ma mère, parce que c'était très chaud, ce collier en pois chiches.

Par contre, rattraper le foutu vase qui tombe, ça non, ça ne me passe pas par la tête une seconde.

Et le twist, c'est que le vase en plastique moche est pas du tout vide : à l'intérieur il y a un million de micro-billes en métal, qui se mettent à rebondir dans tous les sens, toutes joyeuses d'avoir été relâchées de leur prison en PVC. Y en a partout, de quoi occuper un chaton pendant mille ans, mais surtout ça fait un bruit de ouf, vis ma vie de soldat du Débarquement.

– C'est quoi, ça, y a quelqu'un ? Serge, t'as entendu ?

Spotted, donc.

Je prends quand même le temps de noter cette info pas très utile que le papa d'Haroun s'appelle Serge, et je mesure à quel level d'amour je suis, parce que ça intéresse absolument personne sur terre, ça. À la porte, y a toujours personne, ils doivent être encore dans la cuisine en train de téléphoner à leur armée de ninjas surentraînés, c'est tout de suite ou tout de suite.

Je me jette dans le couloir, en espérant que mes genoux vont tenir le sprint sur la moquette de trois kilomètres. Assia est toujours rangée derrière son pot de fleurs, et elle s'envole presque quand je la chope par le coude.

– Maieuh…

– Cours !

Elle court vite, pour un si petit truc, et heureusement, parce que derrière nous ça commence à remuer sévère. Coucou Serge !

– Y a quelqu'un… ? Putain, j'ai entendu un truc dans le couloir. Y a quelqu'un ? Appelle les flics !

Donc il est temps de reconnaître que mon plan sentait très fort le moisi, on aurait peut-être mieux fait d'aller leur dire bonjour, mais vu que maintenant on est en plein milieu de notre remake de *Prison Break*, je vois pas dans quel monde c'est possible d'arrêter de courir pour aller leur faire un check.

– Aaaah, Kenza !

Assia s'est étalée, le nez dans la moquette. Freinage d'urgence, demi-tour, je l'attrape sous les aisselles et je la jette sur mon dos en mode sac à patates. Askip, en cas de panique totale, l'adrénaline peut nous transformer en super héros qui plie des piles de pont à mains nues. Bonjour mon corps, vas-y, c'est ton moment. Même si ça m'embête un peu que mon costume soit imprimé flamants, ça va pas me laisser beaucoup de choix pour le pseudo.

– Arrêtez-vous !

J'entends le papa d'Haroun qui court tout ce qu'il peut à l'autre bout du couloir, mais c'est un peu mou de la fesse, et je vois déjà la porte d'entrée, quand je réalise : ils ferment la porte à clef, chez les Haroun, des fois qu'il y ait des zombies dans le quartier. Je vais pas pouvoir ouvrir la putain de porte.

– La police arrive !

Il croit quoi, que je suis venue tirer sa télé 4K avec un Schtroumpf? Il va nous rattraper, ça commence à être très clair, qu'il va nous rattraper. Je peux pas les laisser prendre ma sœur ! Juste cette idée qu'il pourrait me piquer Assia ça me vénère tellement fort que je réfléchis pas, je me retourne et je prends le premier truc qui passe, une espèce de cube en bois, je sais pas à quoi ça sert, mais c'est bien lourd, et je lui lance en pleine face.

Bim. Il est à genoux, et il se tient le nez. Je me sens un peu débile, mais à mon avis c'est pas le bon moment pour aller lui demander si tout va bien.

Comme prévu, la porte est fermée à clef, parce que la loi de l'univers, c'est de me casser les couilles. Alors je regarde autour, et je vois qu'une seule solution, mais qui est pas exactement une bonne solution, qui est même une solution qui pue la mort, mais là tout de suite, je crois pas que j'aie le temps de peser le pour et le contre en chillant tranquille avec mon petit ange d'épaule.

Du coup tant pis, je tente le truc, pas le choix : je chope le premier manteau qui traîne sur le porte-manteaux à côté de la porte, un gros machin en cuir, ça devrait faire la blague, je nous emballe dedans, je prends mon élan et je cours vers la porte-fenêtre, en gueulant tout ce que je peux, parce que je pourrais me pisser dessus de trouille, hashtag quai 9¾, Harry Potter, je te comprends trop, mon frère.

Je sens Assia qui s'accroche de tous ses petits doigts, et je m'enroule autour d'elle pour la protéger au max de tout, du verre, du père d'Haroun, du monde. Et puis je ferme les yeux parce que même sous le manteau je vois encore trop le mur que je vais me bouffer.

On saute.

24.

Impact. Ça fait un gros bruit, je sens un truc qui craque contre mon épaule, et un choc sur mon genou, et tout d'un coup, l'air frais, je vole. Pendant trois secondes je me dis que je suis vraiment devenue flamant-rose-woman, que je vais m'envoler avec mes longues ailes roses, pour faire régner la justice dans la garrigue, mais finalement non, je retombe sur la pelouse plus bas, en serrant toujours très fort Assia.

Je suis pas morte, je suis dehors.

Derrière nous, papa Serge a atteint sa fenêtre pétée et il a vraiment pas l'air content, alors je me dépêche de ramasser le manteau et de partir en courant à travers le jardin.

– Au voleur !

Qui crie ça au XXIe siècle, sérieux ?

Par contre j'ai l'impression de voir des lumières bleues qui s'approchent en clignotant, et ça, ça me dit pas trop, et je sais pas où on va pouvoir se planquer, avec tout ce doré autour d'Assia. Au bout du jardin, y a la rue, avec au bout, un feu rouge. Au feu rouge, une petite bagnole aussi rouge, toute pourrie. On dirait celle de mon père, c'est peut-être pour ça, je réfléchis pas, je me jette sur la portière passager, coup de moule, elle est pas verrouillée, et je nous fourre à l'intérieur avec Assia. Le type au volant a pas l'air assez vieux pour avoir son permis, il nous regarde comme si on avait débarqué en chameau.

– Bouge.

Il bouge pas, ce mou. Je crois que j'entends des sirènes.

– Bouge, je te dis !

Le type a l'air complètement dépassé. En même temps, je peux comprendre que voir débarquer une meuf en kimono plein de sang avec un modèle réduit emballé dans un truc qui ressemble à de l'alu, ça puisse être dépaysant. Il ouvre la bouche.

– Bon tu démarres, oui ou merde ?

Il tourne lentement la tête et regarde devant, c'est vert, visiblement y a un court-circuit dans son cerveau, il bouge pas.

– D'où tu débarques dans ma caisse comme ça ?

Je monte en pression, je vais me le faire, ce boloss.

– J'ai pas trop le temps de te faire une conf de presse, mais je t'explique si tu démarres.

Ok, les fusibles de son cerveau ont dû être changés parce qu'il passe une vitesse. Et il cale.

– Sérieux ?

– Oh, ça va, j'ai eu mon permis la semaine dernière.

Génie. On est partis pour une course-poursuite à vingt-cinq à l'heure. Et on a toujours pas redémarré.

– Bon, quoi, tu veux un pin's ? On peut y aller ?

Il tourne la clef. Cette fois, la voiture avance un peu.

– T'es désagréable, toi.

– Ben toi t'es pas rapide…

Il fait un mètre, re-stop.

– Encore ? Mais t'as sucé qui pour l'avoir, ton permis ?

Il indique du doigt le haut du pare-brise.

– C'est rouge.

God. S'il continue son cirque, je lui fais bouffer son petit sapin désodorisant.

Ceci dit, faut reconnaître que c'est heureux qu'il nous ait pas rejoué *Fast and Furious* parce qu'une voiture de flics débarque du coin de la rue, droit devant nous. J'appuie sur la tête d'Assia pour la ranger sous le tableau de bord et je prends l'air le plus détaché du monde, tellement détente qu'on jurerait que je suis sur une plage à Saint-Trop. Ils nous dépassent. Je m'écroule sur le siège. Le type démarre enfin.

– Chouette costume. T'as braqué une banque ou quoi ?

– C'est ça.

– J'ai démarré, hein.

Il attend quoi, un bon point ?

– Du coup, tu m'expliques ?

– Plus tard ! C'est compliqué, là…

J'ai un peu autre chose à faire, je sais pas si t'as vu. Assia chouine et se redresse, pendant que je fouille les poches du manteau. Trois quatre pièces, et un vieux vieux téléphone. Il a plus de batterie. Le mec jette un œil par-dessus le levier de vitesse.

– C'est quoi comme chargeur ? Tu peux le brancher là-dessus ? Attention…

Il évite une vieille dame tellement de justesse qu'on a dû lui brosser les dents au passage.

– Peut-être occupe-toi de ton volant, je gère mes trucs.

J'attrape Assia et je la fais passer entre les sièges pour la caler sur le siège arrière.

– Tu t'attaches, ok ?

En s'installant, elle se penche vers le bébé chauffeur.

– Comment tu t'appelles ?

C'est vrai que j'aurais pu lui demander son prénom, j'imagine que ça se fait pas trop ce que je fais, dans le manuel de bonne conduite du carjacker.

– Damien. Et vous ?

Assia va répondre mais je parle plus fort qu'elle.

– Moi c'est Mélodie. Et elle Lily.

Je serre un peu les fesses, mais ça moufte pas sur le siège arrière, je jette un œil dans le rétroviseur, Assia regarde droit devant. Visiblement elle a capté le concept du pseudonyme.

– J'ai cinq ans !

Personne lui a demandé cette info, mais j'imagine que c'est sa façon à elle de vérifier qu'il reste quelque chose de vrai dans le monde.

– Ah ? Moi j'ai dix-huit ans.

– Moi, je sais compter jusqu'à vingt !

Intensité de cette discussion.

Je sais pas comment font les gosses pour trouver tout ce qui existe dans le monde absolument fascinant, genre comment on compte jusqu'à vingt, comment les petits pois sont apparus sur terre, ou bien qu'est-ce qui se passe quand tu te fourres un macaroni dans le nez. J'imagine que c'est une question de survie, ils débarquent total, avec zéro idée de pourquoi ils sont là, ni de comment tout ce bordel fonctionne, alors leurs neurones pédalent comme des souris de laboratoire pour choper tout ce qu'ils peuvent, ils testent des solutions, ils se fabriquent des explications pour les trucs qu'ils comprennent pas encore.

Je crois que j'ai jamais inventé autant de théories scientifiques que quand j'avais six ans. Déjà, je comprenais pas comment on pouvait être sûrs de tous voir les mêmes couleurs, vu qu'on a aucun moyen de comparer, et que si ça se trouve j'ai appris à dire bleu pour un ciel que je vois rouge et que les bananes sont pas jaunes du tout. J'ai passé whatmille heures avec mes copines à essayer de décrire les couleurs, avant d'apprendre que les couleurs existent pas et que c'est juste un gros mensonge de notre cerveau.

Je pensais aussi que peut-être j'avais deux vies, une où j'étais Kenza dans l'immeuble de ma téci de Clermont, et une autre qu'avait rien à voir, où j'étais un homme de cinquante ans en Chine, ou une baleine, ou un platane, et que si je dormais la moitié du temps, en fait, c'est que je passais d'une vie à l'autre, et que les rêves c'étaient des sortes de souvenirs déformés de mon autre moi.

Et aussi je croyais que j'étais le seul exemplaire d'être humain, et que j'étais tout le temps observée par un groupe de robots qui voulaient étudier mes réactions. Bonjour madame la mégalo.

En attendant, le vieux téléphone s'allume, et le code PIN c'est quatre gros zéros à l'ancienne. Ça a l'air de marcher, et du coup c'est pas mal, je vais pouvoir tej mon smartphone méga traçable au cas où on se mettrait à nous chercher, j'ai pas grandi devant les séries télé pour rien.

– Vous allez où ?

Ah ben en voilà une bonne question.

– Regarde la route, déjà… Tu vas où toi ?

– Chez ma grand-mère.

D'accord, mais sinon je suis censée savoir où vit sa mamie aussi ? Il me voit le fixer et finit par capter qu'il me manque comme des infos essentielles.

– Euh, à Montluçon. Tu connais ? C'est très joli, comme ville.

Je connais pas Montluçon, et si je suis complètement honnête je connais pas grand-chose d'autre que Clermont-Ferrand et sa proche banlieue, mais Montluçon, comme ça, ça me vend moyen du rêve. Mais puisque c'est très joli.

– Gégé, on va là aussi.

Il me regarde avec une gueule un peu surprise.

– T'es cheloue, toi, hein ?

Il se retourne vers ma frangine.

– Ça te dit de voir un lac ? J'avais envie d'y passer.

Cette môme est licorne ascendant otarie, évidemment, que ça lui dit. Et puis, on a pas tout à fait mieux à faire de notre aprem.

– Et tu fais quoi dans la vie, Damien ?

Je sais pas trop pourquoi, j'ai toujours plein de trucs dans la tête, mais pourtant je suis total bidon en conversation. Je crois que c'est parce que les questions me viennent jamais toutes seules. En cours, c'est pareil, même quand ça m'intéresse, j'ai l'impression que j'ai tout compris, que j'aurai jamais plus aucune question sur le sujet, et puis quelqu'un lève la main, et demande un truc et, en général, je réalise que je sais pas la réponse. J'ai pas l'intelligence qu'il faut pour ça.

– Je fais des études d'informatique.

Ou alors c'est juste qu'au fond je m'en tape.

– Et toi ?

Alors là ça se corse, parce que si je lui balance que je suis au lycée, il a pas l'air dégourdi mais c'est possible qu'il capte que je suis pas censée traîner dehors avec une mioche dans les pattes. D'un autre côté, j'ai pas exactement l'air d'une comptable non plus, mais là, je sèche complet : c'est quoi, en fait, les métiers que font les gens, pour de vrai ? Boucher ? Facteur ? Je peux toujours tenter le bluff mais s'il me pose une seule question derrière, je suis dead.

– T'es encore au lycée ?

– Non… Non non, je suis youtubeuse. Enfin je fais des trucs sur les réseaux, et puis en attendant, je suis serveuse, quoi.

C'est crédible, ça, non ?

– Ah trop cool, c'est quoi ta chaîne ?

Évidemment, grosse débile, tu t'attendais à quoi ?

– Ben c'est un peu perso…

Il se marre.

– C'est perso, ce que tu postes sur Insta ? T'as pas l'impression que c'est un peu contradictoire, ton truc ?

– Je veux dire Insta c'est pas trop pour les gens que je connais, tu vois. Je m'exprime pas pareil devant ma communauté, ça me permet de dire des trucs que je dirais pas à mes potes, en fait.

Je viens de gagner le César de la mauvaise foi, mais le mec me laisse tranquille. Il met la radio, ce qui lui fait faire un écart de trois mètres sur la route d'en face. Concert de klaxons.

– Qu'est-ce que tu conduis mal…

– Tu sais conduire ?

– Non. Mais je sais pas faire la blanquette de veau et je sais quand elle est dégueulasse.

– Pas faux.

Il monte le volume mais franchement le son qu'il écoute c'est pas possible, c'est radio mémé son truc. J'appuie sur le bouton pour changer la fréquence.

– T'es pas gênée, toi hein ?

Bien vu, mec.

– On est bientôt arrivés ?

Damien me regarde sous ses sourcils. Je lui fais un sourire débile.

– J'ai envie de faire pipi…

– Tu pourras faire pipi dans le lac, on y est dans dix minutes.

Cette info réveille la petite à l'arrière qui se dresse droit sur ses petites fesses.

– J'ai pas mon maillot !

– C'est pas grave, tu te baignes avec le truc doré pourri et on garde ton pantalon pour après.

– On va manger quoi ?

Alors, ça, c'est plus l'angoisse. Parce que j'ai bien pensé à prendre un peu de thune avec moi, mais je sais pas bien combien de temps tout ça va nous tenir. Damien capte mon regard pas clair.

– T'as pas de fric ? T'es sérieuse ? Vous faites quoi en vrai, toutes les deux ?

Si tu crois que je vais répondre à ça mon petit coco, tu te fourres le doigt du père Noël dans l'œil jusqu'au genou. Il laisse passer un silence.

– Tu sais je m'en fous, moi, je vais pas te poucave. Juste je vois pas comment tu vas t'en sortir avec ta sœur, si t'as pas de quoi lui payer un sandwich.

– T'as de quoi nous payer un dwich ?

Il se gare en me regardant avec l'air le plus badass du monde, ce qui fait qu'il tape le trottoir. Je commence à vraiment bien aimer ce tocard.

C'est déjà le parking du lac.

– Gaufres time, bitches !

25.

Assia saute de la voiture et bat le record du cent-mètres-toge-dorée dans la foulée. Elle se plante devant la guitoune du vendeur de gaufres avec l'air d'une micro-impératrice.

– Une gaufre s'il vous plaît. Avec de la crème de marrons dessus.

Elle vérifie discretos que Damien moufte pas et elle pousse un peu la chance.

– Et de la banane…

Damien dit rien.

– Et aussi des…

– T'exagères, mémère.

– Et aussi des amandes.

Damien me fait signe que c'est ok, c'est vraiment un très très gentil tocard.

– Vas-y je lui offre son coma diabétique, franchement ça me fait plaiz.

Il a pas fini de payer qu'Assia a déjà avalé sa gaufre, en une bouchée tellement grosse qu'elle lui ressort presque par les trous de nez, et là elle se bat en duel avec ses lacets pour enlever ses chaussures. J'arrive en renfort, ça me fait trop mal de la voir perdre contre deux ficelles en coton. Damien se pose à côté de nous avec la gaufre la plus décadente de l'Histoire, autant se vider la bombe de chantilly directement dans le gosier.

– Il t'a trouvée bien fraîche, le vendeur de gaufres.

Ah, eh ben moi j'ai tellement pas remarqué le vendeur de gaufres que j'ai eu l'impression qu'elles s'étaient auto-cuites, les gaufres, mais faut dire que depuis hier, j'ai des standards un peu élevés.

– Cool pour lui.

– Moi, à ta place, je serais pas si snob.

Il regarde le vendeur avec de la guimauve qui lui coule des yeux, va bientôt y en avoir plein la plage, faut faire quelque chose contre cette marée noire. Assia file à l'eau dans sa petite combi dorée, on dirait une poule d'eau de l'espace. Ça me fait envie d'un coup. Je tombe le kimono et je me tourne vers Damien.

– On y va ?

– Sinon j'ai l'air d'un manchot ? Elle est à huit degrés, là.

Peut-être, mais yolo, comme on dit, et comme yolo toute seule c'est pas très marrant, ce sera yolo à plusieurs. Je carotte son tee-shirt, qu'il a posé à côté pour montrer ses jolis pecs épilés au vendeur de gaufres, et je cours vers l'eau, en l'agitant au-dessus de ma tête, même si c'est très pas pratique de faire ça en sautillant pour me débarrasser de mon futal.

– Non mais tu crois que tu fais quoi, là, oh ?

Comme il est toujours très très mou, il a mis dix ans à se lever, par contre il me rattrape en trois foulées, vu qu'il a les jambes qui m'arrivent aux épaules. Mais c'est déjà complètement trop tard pour récupérer son joli polo : j'ai grimpé en haut du rocher au-dessus de l'eau, ça doit faire dix-huit mètres de haut, ce machin, c'est haut comme une église. D'ici Assia a l'air d'une fourmi qui fait des pâtés.

– Si tu montes, je saute.

Je vois bien dans ses yeux qu'il me croit pas, mais je peux pas lui en vouloir, parce que je me crois moyen moi-même : beaucoup trop loin en dessous, l'eau brille comme un miroir, elle est vert foncé et pleine du reflet des arbres, y a aucun moye de savoir si le fond est à cent vingt-cinq mètres, ou si ce truc est juste une flaquounette sur une dalle de béton. Mais y a zéro univers dans lequel je le laisse récupérer son tee-shirt aussi facilement. Je le vois qui se rapproche doucement, avec l'air pas du tout naturel d'une marmotte empaillée, alors je recule encore un peu, j'ai les talons au bord du vide.

Et d'un coup, en le voyant, ça me tente, ce vide. J'ai hyper envie de voir ce qui se passe si je me laisse tomber en arrière, juste comme ça, sans savoir ce qui m'attend en bas. J'aime bien, cette situation qu'a pas de fin trop prévisible, peut-être que je vais m'enfoncer dans l'eau noire, ou alors m'écraser sur les rochers en dessous, peut-être que je vais être gobée au vol par un poisson géant, style la Nessie du pauvre. Peut-être que je vais m'envoler ?

Alors quand Damien se jette sur moi je tombe en arrière, et on bascule tous les deux ensemble. J'ai juste le temps de l'entendre hurler et de croiser ses yeux, qu'en reviennent tellement pas d'être en train de se casser la gueule avec lui à dix mille à l'heure. Et puis je me transforme en caillou, une pierre toute lisse qui tombe, sans pouvoir rien y changer, et je sens le vent sur mon dos, comme si je respirais pour la première fois depuis hier matin, comme si c'était le premier moment où j'arrêtais de me battre contre la terre entière, puisqu'il reste juste à attendre la fin de la chute, qui décidera pour moi si c'est stop ou encore.

26.

Encore.

Je m'écrase dans l'eau verte, la vache c'est putain de froid. Damien s'enfonce à côté de moi, et c'est plein de bulles blanches dans tout ce vert qui laisse à peine passer le soleil, les rayons jouent au-dessus de nous. On voit pas le fond, loin là-bas sous nos pieds, c'est de plus en plus sombre, le genre de profondeurs où pourraient vivre des trucs géants qui traînent là depuis la préhistoire, froids et gluants et avec des dents longues comme des lames de moissonneuses-batteuses. Ça m'étourdit, ce noir, ça me rend lourde, cette matière sombre, je crois qu'elle veut m'avaler.

Je sens la main de Damien qui m'attrape par le tee-shirt et qui me tire vers le haut, et quand même, après ce que je lui ai fait, c'est vraiment sympa de sa part.

L'oxygène me rappelle que c'est pas mal, finalement, la respiration.

– Mais t'es malade ?

Il me laisse prendre une deuxième respiration, il me regarde en souriant récupérer un peu, et puis il m'enfonce la tête sous l'eau, la saloperie, et il est vachement plus costaud que moi. Deuxième tour dans les profondeurs. Puisqu'il veut jouer à ça, je lui sors mon arme létale à moi, je plonge plus bas et je lui chope la cuisse.

– Aïe ! Mais tu m'as mordu, pute !

Il est tellement indigné de ce coup bas, c'est beaucoup trop cute.

– Bah ouais et je pouvais faire quoi, tu pèses deux cents kilos !

– Alors déjà je t'emmerde. Et ensuite, on rentre, meuf, t'es bleue.

Il a pas tort, parce que j'avais pas remarqué mais la bagarre nous a emmenés au milieu du lac, on peut pas remonter par où on est descendus, et je commence à trembler de partout, avec les muscles raides comme si j'étais morte sous le règne de Toutankhamon. Quand je regarde Assia, d'un coup j'ai l'impression qu'elle fait des pâtés loin là-bas sur une plage en Amérique, et pour l'instant, je me sens les capacités de natation d'une brique de taille moyenne. Je dis d'accord, enfin je l'aurais dit si mes mâchoires s'étaient pas lancées dans un grand concours de castagnettes, et je commence à nager avec la classe d'un chiot de deux semaines paralysé du train arrière. Damien s'en va devant comme un prince, clairement ce type est un dauphin, du coup c'est pas très étonnant qu'il conduise mal.

Et moi je sens plus mes doigts à force qu'ils gèlent, si je m'en tire, à tous les coups va falloir amputer au niveau du coude. Le froid me coupe la respiration, et je dois avoir l'air de galérer grave, parce que Damien fait demi-tour et revient me chercher sans que j'aie rien demandé.

Je me méfie quand même un peu, vu la réputation des dauphins, mais avec ce que je sais de l'orientation sexuelle de celui-là, je dois être à peu près safe.

– Tu peux t'accrocher à mon dos si tu veux. Et si tu demandes pardon.

J'ai « plutôt crever » qui clignote dans mes yeux en lettres de feu, mais en termes de survie je crois que c'est le mauvais choix.

– Pardon.

– Quoi ? J'ai pas bien entendu

Non, par contre, là, mec, je préfère me noyer. Heureusement, il y tient pas trop à ses excuses, alors il me charge sur ses épaules, et on accoste en huit secondes. J'ai l'impression d'avoir fait un tour en hors-bord. Assia se jette à l'eau pour nous rejoindre, avec sa toge qui remonte, et qui lui fait comme des grosses bouées dorées de baby reusta. Elle s'accroche sur le dos de Damien, avec apparemment l'intention de le noyer pour venger l'humiliation de sa sœur, et ça mesdames et messieurs, c'est ce qu'on appelle de l'optimisme.

Damien se lève, il fait trois mètres, et accrochée à son cou, Assia a les pattes qui gigotent dans tous les sens, tu sens qu'elle regrette très fort de s'être lancée dans cette aventure. J'hésite entre la sauver, et lui laisser apprendre que la vie est un yaourt goût saucisson-Nutella.

Mais comme Damien l'a attrapée par un bras pour la balancer au-dessus de l'eau et qu'elle hurle de rire, je me dis qu'elle a l'air d'aimer ça, et que chacun son truc, je suis qui pour juger, moi je vais plutôt aller me faire rôtir le boule sur le bord.

Le soleil me transforme en gros Chamallow tout fondu en trente secondes, je suis à la limite de l'état liquide, c'est le bonheur intégral, quand Damien me colle sa grosse ombre dessus, gouttes d'eau sur le dos en bonus.

– Rha, dégage de mon soleil !

Il m'essore ses cheveux sur la tête ; ça y est, il a ruiné ma paix intérieure, alors que je sentais que j'allais devenir quelqu'un de meilleur.

– T'es vraiment qu'un gros bâtard de dauphin pourri.

– Ça me va. C'est sympa, c'est joli, ça joue avec des enfants…

– This is fake news. C'est des bâtards. En plus je te signale que c'est des sales violeurs.

Il me croit pas, je vois bien. Je pense que c'est le dernier être humain à avoir grandi sans Internet. Bien ta grotte, ou bien ?

– Les dauphins violent. C'est prouvé.

– Mais d'où ? Ils violent qui ?

– D'autres dauphins. Et aussi des gens. De toute façon tous les animaux mignons, en vrai, c'est des pervers déguisés en peluches trop kawaï. Les pandas, c'est les pires.

– N'importe quoi.

– Les pandas sont tellement débiles qu'ils arrivent pas à se reproduire tout seuls. Il faut leur tourner des films de boules pour panda pour qu'ils comprennent comment ça marche.

– Je vois pas le problème, c'est pareil pour moi.

– Ouais, et quand une fois tous les mille ans, ils arrivent à pondre un truc, faut leur enlever la garde tout de suite parce qu'une fois sur deux ils le bouffent. Pardon, mais moi j'appelle ça une espèce ratée.

– T'es dure.

Je me redresse pour le regarder dans les yeux.

– C'est un appel à l'extinction. Ils veulent disparaître, y a pas d'autre raison possible. Et puis ils sont pas tout seuls. Y a les loutres aussi.

Damien se colle les mains sur les oreilles et chante très fort « Tais-toi sorcière, les loutres sont des animaux merveilleux », alors je lâche l'affaire et je le laisse vivre au pays du déni, vu qu'en plus Assia débarque pour me vider une cargaison de cailloux mouillés sur le dos. Putain de karma.

– Ils sont trop jolis, hein ?

– Ils sont trop mouillés, surtout.

Je m'assois, ça fait une pluie de petits cailloux derrière moi, Damien a déjà récup ses affaires, il est prêt à bouger.

– On y va ? Je dois arriver chez ma grand-mère pour le dej.

– Ok ! Tu m'apprends à conduire ?

– Je croyais que je conduisais mal ?

Je saute sur mes pieds, parce que tout ce que j'ai entendu c'est qu'il a pas dit non. Assia se plante devant moi avec les bras en l'air, la tête coincée dans sa toge, au retour comme à l'aller.

– Tu sais quelle pédale fait quoi, ça me suffit.

– C'est homophobe, madame.

Il fouille dans ses poches pendant que je tire sur le tissu doré qui emballe Assia comme une peau, j'ai l'impression d'éplucher un lézard.

– Par contre si tu veux ta leçon de conduite, va falloir qu'on retrouve les clefs.

– Tu les as pas ?

Il retourne ses poches avec l'air un peu mou, et regarde la moitié de sa monnaie qui tombe par terre, paumé, comme s'il avait jamais vu la gravitation de sa vie. J'hallucine de tant de bolosserie.

Merde. Je commence à chercher autour, et le temps qu'il se réveille, j'ai eu le temps de retourner la berge au moins trois ou quatre fois, sans rien voir qui ressemble à une clef. Quand je le rejoins, il a toujours pas bougé et il relève la tête vers moi, ce mec est coincé en vitesse de lecture 0,5 c'est pas possible. Rien dans l'eau, rien sur le bord, notre dernière chance c'est le rocher de la mort, je recommence l'escalade.

– Tu penses qu'elles sont là-haut ?

Donc le mec a récupéré la parole, c'est rassurant de pas avoir à gérer ses problèmes de bagnole et son AVC en même temps.

– En vrai, tu les avais dans les poches quand on a sauté ?

Il répond pas, mais j'espère que non parce qu'il y a rien sur le rocher, et j'ai moyen envie de rejouer *Vingt mille lieues sous les mers* dans son lac tout moisi. Je redescends.

– On a pas vraiment sauté, hein. C'est toi qui m'as tiré.

Alors, donc, ça, c'est typique du mec qui sait que ses clefs sont au fond de la flotte et qui te rebalance la faute dessus, et ça c'est pas bon du tout. Mon plan de dodo chez la mémé de Damien se met à sentir le rat mort. Il a le nez sur son téléphone, et du coup je sais pas s'il compte téléphoner à ses clefs.

– Y a un commissariat à cinq kilomètres.

Ah. Attends, quoi ?

– On peut y être en une heure, ils vont nous donner un certificat, après je pourrai appeler la dépanneuse. J'ai déjà perdu mes clefs une fois.

Super idée. À quel moment il a pas remarqué que je lui ai braqué sa caisse y a deux heures ? Est-ce qu'il pense que c'est comme ça qu'on voyage, dans mon pays ? Assia capte mon regard. Elle prend mon sac par terre et vient se ranger à côté de moi.

– Quoi ?

Je sais pas pourquoi, y a des moments où j'ai l'impression que le cerveau des gens est branché sur une fréquence très, très loin de la mienne, qui diffuse tout très, très lentement, avec beaucoup de friture sur la ligne. Ça me dépasse que Damien ait pas capté tout de suite que, vu ma tête, j'ai pas vraiment dix-huit ans, qu'il se dise pas que ma frangine de cinq ans déguisée en boule de Noël devrait être à l'école, et qu'on a pas beaucoup d'affaires sur le dos. Ça me dépasse qu'il additionne pas tout ça dans sa tête, pour se dire que peut-être, toutes les deux, on fait pas complètement ça pour le fun.

La lenteur du cerveau des gens, des fois je me dis que c'est pas grave, que c'est moi qui tourne trop vite, comme un hamster shooté au Nesquik, mais des fois ça me rend ouf, que personne arrive à se concentrer deux minutes. Ceci dit, je sens bien que c'est pas très juste de m'énerver comme ça, je sais que personne fait exprès, et j'arrive pas à savoir pourquoi ça me met tellement en colère. Je crois qu'au fond je peux pas m'empêcher de penser que les gens font pas d'efforts, qu'ils ont un peu la flemme de réfléchir, et qu'ils se disent que quelqu'un va faire le boulot à leur place. Mais ce quelqu'un c'est toujours moi. Du coup j'ai envie de les réveiller à coups de seaux d'eau froide dans la face. Pia elle voit tout de suite quand je monte dans les tours, ça la fait marrer, elle appelle ça mon évolution vénère, elle dit qu'on voit l'électricité jaillir de mes moustaches ; et elle me tapote la tête en répétant « No rage ».

Je crois que si ça me saoule tellement que les gens soient un peu lents, c'est peut-être parce qu'à la fin je me retrouve avec la responsabilité de tout l'univers, vu que je vois la cata arriver dix fois plus vite que les autres, et que donc je la gère. Et moi aussi, j'aimerais qu'on me protège, des fois.

Mais Damien vient de prouver qu'il avait juste pas la carrure pour nous sauver la vie.

– On reste ici, nous.

– Ben non... je crois pas que je vais revenir chercher ma caisse aujourd'hui, vous allez pas attendre jusqu'à demain.

– T'inquiète, vas-y, on va se démerder.

Je sais pas si mon sourire en carton est très convaincant, mais en vrai je m'en balek, parce qu'il aura pas l'occase de dire oui ou non. Assia a vissé sa main dans la mienne, et on est déjà en train de filer.

– Sûre ?

Il reste planté là, à nous regarder partir, comme s'il avait poussé dans ce caniveau toute sa vie, je crois que si personne fait rien, le printemps prochain, on le retrouvera ici avec des fleurs plein les oreilles. Assia doit le sentir elle aussi, qu'il est en train de prendre racine, parce qu'elle m'enlève sa petite main, court vers Damien et tire sur son tee-shirt pour le faire descendre de ses deux mètres, et lui bisouiller la joue, avant de repartir dans l'autre sens. Elle a raison, Assia, ça le décoince un peu, et il nous sourit en nous regardant partir dans l'autre sens.

27.

On marche sur le bord de la route forestière, j'ai récupéré la patoune chaude d'Assia dans ma main, et je crois que c'est ça, sa petite patte toute lourde et toute pleine de confiance, qui fait que je mesure que, là, j'ai zéro idée pour nous sortir de l'embrouille, et ça me file d'un coup une grosse angoisse plein la gorge : et si j'y arrivais pas, ce soir, à la mettre à l'abri ma frangine ? Elle marche tranquille à côté de moi, comme si j'avais toujours raison, comme si j'avais toutes les réponses à toutes les questions qu'elle se posera jamais. Et d'un coup je capte que la plus grosse de mes responsabilités, ça va être de lui cacher qu'elles sont pas planquées dans ma manche, les antisèches de la vie, et que j'ai complètement zéro idée de ce que je fais. Est-ce que c'est toujours ça, élever un enfant ? Faire n'imp, au doigt mouillé, en prenant un air d'expert de BFMTV pour que personne panique ?

Et est-ce qu'en face, le boulot des gosses c'est de faire semblant de pas avoir remarqué toute cette galère générale ? De faire genre ils ont pas compris que personne chez les adultes sait vraiment ce qu'il fait, au fond ? Est-ce que c'est parce qu'elle sait très bien que je déraille complet qu'Assia se met à chanter *Un éléphant qui se balançait* avec sa petite voix douce, est-ce qu'elle essaie de me dire à sa manière à elle que tout va bien aller ?

28.

On en est à notre douzième reprise d'*Un éléphant qui se balançait*, vu qu'Assia est pas du genre à avoir peur du comique de répétition, et moi j'ai les oreilles qui saignent, et on a toujours croisé personne, je commence à capter ce qu'il voulait dire, le prof d'histoire-géo, par exode rural. Ça me donne une impression cheloue, tout ce vide de gens, comme si on était perdues quelque part en dehors du temps. Comme si on avait loupé un embranchement, que le monde entier avait pris une autre route que nous, et qu'on allait continuer à marcher seules, au milieu de toute cette chlorophylle jusqu'à ce qu'on soit très vieilles.

Mais derrière le virage c'est le miracle : une petite maison en crépi moche, avec une pelouse du genre pas taillée et une balançoire plus vieille que la plus vieille de tes copines. C'est pas exactement Las Vegas, mais ça a l'air habité, et on a pas vu une bagnole en trois quarts d'heure, donc on va éviter de faire les princesses.

J'arrange les cheveux d'Assia.

– Tu prends l'air triste, d'ac?

Elle a direct les coins de la bouche qui descendent vers le bas, cette gosse est un génie, quand tout ça sera fini faudra que je pense à l'inscrire au théâtre.

On sonne. Quelqu'un crie que ça vient, mais clairement, ça vient pas vite. J'entends des trucs qui tombent, des marches qui grincent, des choses qui frottent, et au bout de mille minutes, la porte s'ouvre sur une dame tellement vieille qu'elle doit sûrement être morte plusieurs fois. Je sors mon sourire à cent dols, ça passe ou ça casse.

– Bonjour madame, je suis Mélodie, et c'est ma petite sœur, Lily.

Elle dit rien. Elle nous dévisage, enfin je crois, elle a des jolis yeux bleus, mais comme ils regardent carrément pas dans le même sens, je sais pas lequel choisir. Bon, je me mets à peu près au milieu et j'enchaîne.

– Ma sœur et moi, on s'est perdues, en…

En quoi? En fabriquant notre herbier? En cherchant nos œufs de Pâques? Qu'est-ce qu'on peut bien être en train de fabriquer sur une route nationale au milieu de la forêt un jour d'école? J'aurais peut-être dû réfléchir un peu plus à mon gros mensonge, mais j'avais pensé que ce serait mieux d'improviser, histoire de m'adapter à mon public et de pas me retrouver avec une histoire trop figée et être forcée à raconter à un vegan hardcore qu'on s'est perdues au festoche du saucisson. Mais elle dit rien, alors comment je suis censée deviner ce qu'elle kiffe, la mamie, moi ? C'est quoi, la passion d'une mamie ?

– Euh... en pèlerinage. Nous faisons partie d'un groupe de prière, et nous allons à la cathédrale de Clermont-Ferrand, mais nous avons perdu le groupe il y a une heure. On arrive pas à les joindre.

Rien. Coucou, y a quelqu'un ? Elle dit rien.

– Nous cherchons un endroit pour ce soir, est-ce que vous sauriez où nous pourrions passer la nuit ?

Ça y est, je viens enfin de découvrir mon pouvoir : c'est la conjugaison. Je suis Super Bescherelle. Gégé.

Toujours rien. Juste, elle plisse un peu les yeux, elle fait un petit bruit mouillé avec la bouche. Peut-être qu'en fait elle est sourde. Et aveugle. Et muette. Ça commence à être long. Je remets encore des paillettes dans mon sourire, si je force un peu plus mes joues vont craquer et mes dents vont finir sur le tapis, et je prends ma respiration, parce que pour redire tout ça en hurlant il va y avoir du sport.

Mais pile au moment où je me lance, sans dire un mot, elle fait demi-tour, et elle disparaît dans la maison. Je reste là la bouche ouverte, j'entends ses chaussons qui s'éloignent en traînant sur le carrelage et je me dis que je viens de me prendre le vent de ma vie. Assia me regarde, je vois bien qu'elle est un peu vexée que sa performance Actors Studio ait pas marché.

– Euh… Madame ?

Les chaussons s'arrêtent. Une petite voix qui tremblote s'élève depuis l'intérieur.

– Vous venez pas ?

Ah, donc, pardon, c'était une invit.

Je pousse la porte avec une épaule et je me cogne la tête en entrant, d'un côté c'est pas très surprenant quand on connaît mon habileté légendaire, d'un autre c'est quand même très étonnant parce que vu la hauteur de la porte d'entrée, c'est une maison pour souris, d'ailleurs ça sent un peu le fromage. J'ai le crépi imprimé sur le front, ça pique mais c'est sûrement très joli.

C'est ultra-sombre. À côté d'ici notre appart a l'air propre. Au moins j'ai pas peur de laisser des traces de pas sur le plancher de la salle à manger.

La vieille a disparu derrière une porte, au fond de la pièce, je l'entends brasser de l'autre côté, et je reste plantée là parce que d'abord, je ne sais pas trop quoi faire, et aussi que rien a l'air suffisamment propre pour que j'y pose ma sœur. De toute façon, Assia s'est accrochée à moi comme un bébé koala, ce qui est une façon très claire de me dire qu'il n'est pas question que je la lâche. J'entends le bruit des chaussons qui font des allers-retours en frottant, au moins là-bas ça doit être nickel. La porte du fond s'ouvre et elle revient avec un plateau et des assiettes dessus et elle le pose sur la grande table.

– Asseyez-vous...

Euh... bof?

Dans les assiettes y a une sorte de bouillie verte, je sais pas ce que c'est mais vu l'atmosphère générale, j'ai un peu peur que ça ait poussé direct dedans. Est-ce qu'elle essaye de nous engraisser pour nous manger ensuite ?

– Non mais c'est pas la peine de vous déranger, on cherche juste un endroit pour passer la nuit...

Elle regarde Assia maintenant.

– Tu as faim ?

Et là, truc incroyable, ma sœur gigote pour que je desserre mes bras, elle glisse jusque par terre, genre je suis sa barre de pole dance, et elle va regarder l'assiette sur la table. Sans rien dire de plus, elle grimpe sur la chaise, elle sourit à la dame qui lui tend une petite cuillère en lui rendant un grand sourire attendri, qui serait très joli s'il contenait plus que trois dents. Et Assia se met à manger. Merci la solidarité.

– Mangez, c'est bien. Je reviens je dois aller voir mon petit-fils, il dort dans sa chambre. Il s'appelle Basile.

Bon, elle est pas bavarde, mais elle est plutôt gentille la sorcière, et Assia a l'air de trouver ça bon, sa bouillie. J'allume le portable des parents d'Haroun, personne a essayé d'appeler, possible qu'ils le cherchent même pas, de toute façon je suis sûre qu'ils ont une usine de smartphones à eux, tout équipée, avec mine de mercure et enfants pour travailler dedans. Assia enfourne sa purée verte comme si elle avait rien mangé d'aussi incroyable de sa vie, ça lui fait des joues de hamster d'une mignonceté absolue. Je prends une photo.

– C'est bon ? C'est quoi ?

Elle relève même pas le museau de son assiette.

– Chais pas. C'est comme des haricots.

Elle me tend sa cuillère pour que je voie la merveille, adieu caviar, homard, foie gras, Assia est ravie par des bêtes flageolets, je pensais pas que j'assisterais un jour au retour de la hype du légume vert chez ma sœur. Après, c'est vrai qu'ils sentent bon, ces machins, je sais pas ce qu'elle met dedans, la sorcière, mais elle s'y connaît grave en cuisson des haricots, et j'ai la dalle. Je prends deux bouchées, en regardant la pièce autour, c'est gentiment vieillot. Des vieux trucs s'entassent, des vieux bibelots, des vieux papiers et des vieux journaux, je pense que même la poussière est plus vieille qu'Assia, ça sent pas le grand bonheur, ici, et en plus y a une horloge géante qui fait des tic-tac monstrueux, à tous les coups, elle va sonner tous les quarts d'heure. Y en avait une chez ma grand-mère. Moi je comprends pas pourquoi les gens s'infligent ce genre de truc. Ça te fait un bruit comme si t'avais un troupeau de chevaux qui dansent la salsa dans ton salon, et si t'arrives à penser trois minutes à autre chose, tu te prends direct une volée de cloches en travers de la gueule. Toujours la même chanson : d'abord les quatre premières notes pour dire le quart, puis les huit pour la demie, puis les douze, puis les seize, le type qui a inventé ce système a dû se prendre pour un putain de génie. Toi tu connais la saloperie de mélodie par cœur, tellement que tu te réveilles en la chantant la nuit, mais t'as beau l'attendre avec tes tripes, ça te prend toujours par surprise, pile au moment où tu t'es laissée aller à penser à autre chose qu'à la mort de tous les êtres vivants. Peut-être qu'elles servent qu'à ça, ces horloges, au fond. Peut-être que ceux qui en ont, c'est des gens qui ont envie qu'on leur rappelle qu'à un moment ça va s'arrêter. Peut-être que ça les rassure, l'idée de la fin ?

Et c'est vrai que dans la salle à manger de la sorcière, y a pas grand-chose pour crier vive la vie. Rien a l'air de servir, on dirait que tout dort depuis très longtemps, un peu comme si c'était des trucs entassés dans un tombeau, style pyramide d'Égypte. Comme si tout était déjà fini avant que ça soit fini.

Et pourtant, ça se voit qu'elle a eu une vie, la sorcière, avant d'être une sorcière : elle a plein de photos sur le frigo où tu la vois sourire, avec de moins en moins de dents et de moins en moins de monde autour. Ça peut pas être si vieux, pourtant tout a l'air loin. Même les photos avec son petit-fils, on dirait qu'elles sont vieilles, comme si on lui avait jeté une malédiction qui a fait faner sa vie d'un coup.

Heureusement, y a mon Assia, droite sur sa chaise, qui rote tout ce qu'elle peut, ça met de la joie. Et ça me frappe, sur le moment, qu'un jour ma petite sœur mignonne aussi, elle sera une vieille pomme ridée, et qu'il y aura rien d'autre que des images pour se souvenir de ce qu'elle est maintenant, ce petit bout de machin plein d'énergie, et tout d'un coup, j'ai envie qu'il dure, ce moment d'elle, ce petit bout d'Assia, j'ai envie de le partager, pour qu'un maximum de gens sache qu'elle existe, pour qu'elle soit jamais seule comme la pauvre sorcière oubliée dans sa maison de souris. Je la braque avec le téléphone.

– Tu refais ça ?

Elle se fait pas prier, la Assia, pour une fois que je lui réclame, elle me refait un rot impeccable, la grande classe. La vidéo parfaite pour ouvrir mon compte Insta, disons *Méli-Mélo*, avec son premier hashtag : instantflageolet. Au moins, quand tout ça sera fini ma mère pourra rattraper un peu des grands moments qu'elle a manqués, comme les rots de compèt internationale de ma gracieuse petite sœur.

Traînement de savates dans le couloir, vu la distance, on en a pour une bonne demi-heure. Je retourne à ma purée de pois, c'est plus poli que ma perquiz en règle de son salon.

– C'était bon ?

Elle a un gentil sourire, malgré les courants d'air. Oui, madame la sorcière, c'était très bon.

– Je vous ai mis des petites affaires dans la salle d'eau, si vous voulez prendre une petite douche.

Meilleure sorcière ever.

Elle s'installe devant la télé pendant que ma sœur et moi on file se laver dans la salle de bains au fond à droite, pas possible de la louper, vu les grosses fleurs orange du carrelage, qui font que tu regrettes d'avoir des yeux. La douche devait être hyper moderne dans les années 30, et y a des champignons mortels sur absolument tous les joints, mais j'ai jamais rien connu d'aussi incroyable que cette eau vaguement chaude qui me dégouline sur les épaules et dans le cou, comme si j'avais oublié mon corps jusque-là. Je frotte les cheveux d'Assia avec le shampoing à la pomme de Basile que la sorcière nous a sorti, et moi aussi, j'en prends un peu. C'est pas parce que j'ai plus cinq ans que j'aime pas sentir le bonbon. Y a tout un tas de trucs merveilleux qu'on est censé laisser tomber, quand on grandit, genre les grenouillères et les petits pots pour bébé à la pêche, et je comprends pas pourquoi on s'interdit tous ces bonheurs, alors que c'est déjà suffisamment l'enfer de plus être un enfant.

Sur un tabouret, la sorcière nous a même posé deux chemises de nuit, celle d'Assia est un peu grande, on dirait un petit fantôme dans tout ce coton blanc. Un petit fantôme goût bonbon à la pomme.

29.

Retour dans la salle à manger, on retrouve notre mémé qui a pas bougé de son fauteuil, elle est ultra-concentrée devant des *Chiffres et des lettres*, tu sens que c'est le grand moment de sa soirée. Assia et moi on s'assoit dans le fauteuil d'à côté sans faire trop de bruit, pour la laisser vivre sa meilleure vie de fan de calcul mental, mais c'est très dur de pas mourir d'ennui. Au bout d'un moment elle se tourne vers nous et elle regarde Assia qui s'est presque endormie sur mes genoux. Elle a l'air de vraiment bien l'aimer, son visage devient tout rose quand elle la regarde.

– Tu veux que je te lise une histoire ? Après on ira dormir… Il y a un lit pour toi dans la chambre de Basile, juste à côté de la chambre où il y aura ta grande sœur.

Assia se redresse avec un air de poussin décoiffé, elle est à la limite du somnambulisme mais y a rien qu'elle préfère au monde que les histoires.

– Va prendre le livre que tu veux là-bas dans la bibliothèque, c'est ceux de mon petit-fils, il te les prête.

Assia saute du fauteuil comme un petit zombie, les yeux fermés et les pieds qui s'emmêlent un peu, je surveille d'un œil, des fois qu'elle se crashe en plein vol, mais ça va, le pilote automatique est enclenché. Elle hésite pas, elle prend direct un album plein d'animaux de la forêt, il fait genre trois cents pages, maligne, la souris, et elle va s'installer sur les genoux de la sorcière, qui va bientôt fondre de ravissement. J'aimerais bien rester réveillée pour surveiller qu'elle est pas partie pour faire cuire ma frangine en ragoût, mais j'arrive pas à tenir les yeux ouverts, tant pis, mangez-nous, madame, c'est pas si grave finalement.

J'ai l'impression qu'il s'est passé une minute, mais je crois qu'Assia a eu ses trois cents pages quand elle tire sur la manche de ma chemise de nuit pour qu'on aille se coucher.

– Monique elle nous emmène à l'étage.

Monique, c'est pas très impressionnant comme nom de sorcière, mais c'est une bonne couverture, du coup. Elle a pris Assia par la main, et elle se met en route dans le frotti-frotta de ses pantoufles, on est pas arrivées j'ai l'impression, surtout que les escaliers sont raides, rien que les descendre ça doit lui prendre la moitié de la journée. On passe une demi-heure sur chaque marche, c'était prévisible, j'aurais dû monter devant.

– La première chambre, c'est pour toi Mélodie. On va installer Lily juste à côté, avec Basile.

Elle me fait un petit signe de la main, et à côté, Assia clignote tellement fort des yeux qu'elle ne remarque même pas qu'on va pas dormir ensemble et qu'elle se laisse embarquer pour la chambre d'à côté.

Moi, il me faut pas long pour me coller sous les draps, y a un édredon qui sent le savon, j'ai toujours rêvé d'avoir un gros machin bouffi plein de plumes qui me donne l'impression que le monde est à dix mille kilomètres de là. J'entends les pantoufles dans le couloir qui repartent dans l'autre sens, alors je tapote un peu sur le mur, histoire de vérifier que tout va bien de l'autre côté. Trois courts, un long, deux courts, comme un code qui veut dire : je suis là, t'inquiète. J'attends et j'entends pareil, trois petits coups, puis encore trois petits coups, ma petite sœur est là, elle m'entend, et elle va bien.

30.

Je sais pas trop qui m'a parlé du calme de la campagne, mais dehors, c'est tapage nocturne complet, la nuit est pleine de bruits, entre les grillons qui sont en mode rave party, et le vent, et les craquements dans le bois.

Moi je suis née dans le béton, j'ai pas trop l'habitude d'entendre tout ce monde comme s'il était dans ma chambre, et je crois que je sais plus dormir sans les tocards du quartier qui font des roues sur leur scooter à deux heures du mat.

Et puis y a aussi la lune qui éclaire à fond, à côté, le parc des sports Michelin c'est une lampe de poche. En plus, elle change les formes, j'arrive à reconnaître aucun meuble, déjà qu'on se connaît pas bien, eux et moi.

Je sens mon estomac qui se serre, et je sais déjà comment ça va se passer, vu que ça me fait ça depuis que je suis petite, je sens que tout un tas de trouille est en train de s'accumuler de l'autre côté de la porte de ma tête, des idées débiles, auxquelles je crois pas quand il fait jour, pleines de zombies et de tueurs sans visage qui poussent dans l'ombre de ma chambre. Si j'en laisse une seule entrer, c'est foutu, tout le reste va suivre, et je suis bonne pour la crise de panique et je pourrai plus arrêter mon cerveau, même en rallumant la lumière.

Alors je pédale en arrière tout ce que je peux, mais c'est déjà trop tard, et si je veux pas que ça s'emballe, je vais être obligée d'ouvrir un œil pour checker que tout va bien autour, et que la chambre s'est pas remplie d'araignées géantes. C'est un des rares trucs qui font que c'est censé être bien de grandir : normalement t'arrives à faire un peu la diff entre les trucs qui font vraiment peur, et les trucs dans ta tête, et ceux-là tu finis par trouver le moyen de les faire disparaître.

Sauf que moi, non.

Toutes les ombres de la chambre, elles ressemblent à des monstres, qui me regardent sans bouger, accroupis dans un coin. J'ai l'impression que si je les quitte des yeux, juste une seconde, ils vont en profiter pour faire un pas vers moi, en silence, pour m'observer de plus près, que je vais voir leur silhouette noire se rapprocher, un pas de plus, toujours plus près, à chaque fois que je clignerai les yeux, jusqu'à se pencher au-dessus de moi.

Je referme les yeux mais c'est fichu. Je la sens.

Une présence au-dessus du lit. Je la connais, depuis longtemps. Je sais bien que c'est faux, que ça m'arrive même dans ma chambre, d'inventer cette chose qui revient la nuit pour me fixer à travers la fenêtre. Mais j'arrive pas à la faire partir, jamais, et je suis presque sûre que si j'ouvre les yeux maintenant, je vais la voir, avec ses yeux brillants qui me regardent derrière le carreau.

Alors je me roule en boule, la plus petite boule possible, planquée sous l'édredon, en fermant les yeux, le plus fort possible, parce que même si je sais que tout ça vient de mon imagination malade, j'ai pas le courage de vérifier. Alors je fais comme si mes paupières et les trois plumes de la couette suffisaient à me protéger contre les horreurs créées par mon cerveau sadique.

Mais ça s'en va pas. Je peux me visser les paupières, comme si pour moi la lumière c'était terminé pour de bon, je peux essayer de devenir un coussin parmi les coussins, ça reste, tout près, comme si c'était entré pour me regarder dormir, comme si ça venait me dire : maintenant, je suis là, comme la promesse des horreurs qui viennent ensuite.

Et même si je me répète que ce n'est pas possible et que j'invente, j'entends sa respiration, tout près de mon lit, je sens presque son souffle sur mon visage.

Est-ce que la sorcière est remontée, est-ce qu'elle est rentrée dans la chambre, sans dire un mot, qu'elle a enlevé ses pantoufles qui traînent, et que maintenant elle est penchée sur moi, et que si j'ouvre les yeux je vais la voir à trois centimètres au-dessus de moi, avec son sourire de gruyère et ses yeux qui sourient pas ?

J'ai l'impression que je vais mourir de terreur, comme un lapin sur l'autoroute avec le cœur qui s'affole. Et puis au bout d'un moment, j'en ai un peu ras le cul d'être débile, alors j'ouvre les yeux.

Il y a une ombre penchée sur moi.

31.

– Aaaaaah !

Bordel, Assia. Je viens de perdre huit mille ans de ma vie.

Elle m'a tellement fait peur que je pourrais l'étrangler sur place, mais elle a des larmes plein les yeux, ça me calme vite fait.

– C'est quoi ?

– Ma chambre elle me fait peur. Et Basile il veut pas me parler.

– Basile ? Mais c'est normal, c'est un bébé. Il dort !

Mais pile à ce moment-là, je me resouviens des photos sur le frigo, et je veux bien qu'il soit pas vieux, Basile, mais il peut pas avoir un an depuis trois ans. Et puis si je réfléchis, y a un truc de pas très clair dans les horaires de ses siestes, vu qu'il dormait déjà à dix-huit heures. C'est chelou. Et je sens qu'Assia a vraiment très très peur, alors je me lève.

– Je suis sûre qu'il est très gentil. On va aller voir, d'accord ?

Une des raisons qui font que j'aime bien être la grande sœur, c'est qu'à un moment, je dois gérer les bails, et que ça me laisse pas trop l'occasion de paniquer. Je prends Assia dans mes bras, et rien que de sentir son petit corps chaud contre moi, ça me donne un courage de ouf, et j'ai l'impression d'être capable de battre l'univers au bras de fer, juste pour calmer sa trouille.

La chambre de Basile est toute noire, et j'entends rien quand j'arrive. Rien du tout. Ce gosse dort comme une brique en plomb. Assia s'accroche encore plus fort autour de mon cou.

– Il fait pas de bruit…

À noter que ma sœur a grandi dans un environnement pas très sain, donc.

– C'est pas grave, ça mon bébé. C'est juste qu'il est très sage.

Je vais avec elle jusqu'au lit de Basile, pour vérifier qu'Assia et moi on se fait des films en 4K, qu'on le voie pioncer et qu'on puisse faire pareil. Mais quand on se penche par-dessus les barrières, même dans le noir, c'est très clair qu'il y a un truc pas normal : ce gosse est très très plat.

– Il est pas là, Basile.

Ma sœur, ce Sherlock Holmes de soixante centimètres.

L'avantage qu'il y ait pas de bébé, c'est qu'on peut allumer le plafonnier, et là j'en ai besoin, parce que j'ai la frousse qui me secoue les vertèbres comme des osselets, et je sais que je vais avoir du mal à enrayer la machine à théories à la con.

On s'assoit sur le lit avec Assia, je vois comme ça turbine à l'intérieur de ma frangine.

– Monique elle avait dit qu'il était là…

C'est bien ça qui m'inquiète, ouais.

Parce que je veux bien me calmer pour trouver une explication qui tienne la route, mais j'en vois aucune qui commence pas par : Monique est ravagée.

Alors quoi ? Elle s'est inventé un petit-fils ? En même temps, le gosse sur les photos, ça m'avait pas l'air d'un filtre Insta. Peut-être que sa famille a déménagé loin et qu'elle supporte pas la solitude ?

Ou peut-être qu'elle kidnappe les gosses du quartier et qu'elle les empaille ?

Je déraille complet. Et vu la tête d'Assia, c'est pas l'ambiance de folie chez elle non plus. Faut faire quelque chose.

– Il doit être en bas. On va aller voir si on le trouve, d'accord ?

En vrai, je crois pas trop qu'on va trouver Basile rangé quelque part dans un tiroir, parce que j'imagine bien pourquoi elle débloque, Monique. Mais j'ai besoin de m'occuper ou, je me connais, je vais flipper ma race. Je tends à Assia son pull pour qu'elle l'enfile, et je lui remets son pantalon. Et puis je m'accroche ma sœur autour du cou, pour aller dans ma chambre choper mon sac et mon fute, vu que moi non plus, j'ai pas l'intention de finir ma vie en nuisette de sexy mamie.

Je me lance dans la descente de l'escalier de la terreur. À chaque marche ça grince plus fort, j'ai l'impression de marcher sur un piano, on met deux cents heures et demie vu que je m'arrête à chaque marche pour écouter le silence et la nuit.

Je sais pas ce qu'on cherche exactement, peut-être une explication qui soit pas qu'on est enfermées dans la maison d'une vieille psychopathe.

Mes pensées recommencent à speeder dans tous les sens, j'ai toutes les histoires d'horreur du monde qui me viennent, et je suis obligée de m'arrêter tous les deux pas pour pas tomber dans les pommes à force de pas respirer assez. Tout ça parce que j'ai peur qu'on m'entende, je sais pas qui mais c'est comme si d'un coup tout était vivant et que tout m'observait. Est-ce que les autres savent arrêter leurs pensées, quand elles ont décidé de les faire mourir d'asphyxie ?

Moi quand ça débloque je peux plus rien contre l'angoisse, elle va plus vite que moi et elle saute mes barrières, et je sais ce qui vient après, des peurs tellement fortes que je finis par les voir exister dans le monde réel.

Et ça commence déjà, dans le couloir plein d'ombres, j'entends juste la respiration de la sorcière, sans savoir d'où elle vient, si on s'approche, ou si on la laisse derrière nous, et tout d'un coup c'est comme si la maison elle-même respirait par tous les murs, comme si elle dormait, et même si c'est débile, l'idée de la réveiller me terrorise.

Au bout des milliards de kilomètres de couloir, il y a la porte de la cuisine et je me dis que c'est pas mal un verre de lait, ou n'importe quoi de banal qui effacerait cette impression cheloue que rien ne va, et qui me montrerait que le monde normal est toujours d'actu.

Mais le monde normal il est pas derrière la porte, parce que derrière la porte c'est la guerre des tranchées.

C'est plein de sang partout sur une planche en bois, avec un hachoir planté dessus, le métal qui brille dans tout ce rouge, et surtout quelque chose d'affreux, quelque chose de mort, et de dépecé, mais qui me regarde avec ses yeux vides et sa tête sans peau, qui me fixe avec comme un sourire qui se moque de ma peur. Et accrochée au-dessus du mur, la peau qui pend comme un minuscule manteau pour Hobbit.

Assia pousse un cri et moi je pars en courant, pour sortir de là le plus vite possible avant qu'on puisse plus, avant que la maison se réveille et nous enferme, et nous digère comme ce lapin. Je nous jette hors de la cuisine, et je suis la lumière de la lune, sans réfléchir, jusqu'à l'entrée, et par miracle je m'assomme pas sur le haut de la porte, et c'est le jardin.

Et l'herbe fraîche sous mes pieds, l'air froid autour de moi qui me dit que ça y est je suis dehors, que tout va bien.

32.

Mais maintenant quoi ?

D'abord, faut rassurer Assia, expliquer que c'est rien, que c'était juste un lièvre, parce que Monique elle a grandi dans un monde d'il y a longtemps, où on te livrait pas à vélo les steaks de soja emballés dans du plastique recyclable, et que c'est pas grave parce que le lièvre il a eu une belle vie de lièvre et qu'il est sûrement très content d'être massé à l'huile d'olive, avant son jacuzzi aux herbes de Provence.

Je berce ma sœur contre moi, en regardant ses larmes qui se sèchent doucement, en lui chuchotant que tout va bien, mais la vérité c'est que je sais pas trop comment je vais me sortir de la hess, là tout de suite, parce qu'il est hors de question qu'on retourne là-dedans. Alors je fais comme d'hab dans ce genre de galère, je sors le téléphone et j'appelle Pia, parce que Pia, elle sait.

– Kenza ? Qu'est-ce tu branles, meuf ?

Bien le bonjour à toi aussi.

Je me demande comment elle a deviné que c'était moi.

– Faut que tu rentres. Tout le monde est hyper inquiet.

– Tout le monde ?

– Tu crois quoi, Houdini, que personne allait remarquer que tu t'étais barrée ?

Si je réfléchis deux secondes, j'y ai pas pensé très longtemps, vu que je vois pas bien à qui je manque, là tout de suite. Mais, peut-être, ça a pas aidé de péter une vitre chez Haroun, ni le nez de son vieux.

– T'as des news de ma mère ?

Silence, et ça, c'est pas bon.

– T'es où ? Gertrude me lâche pas au lycée, ils veulent savoir si j'ai des infos...

– Qu'est-ce qu'elle a, la mère Gestapo ?

– Tu t'es barrée on sait pas où avec une fille de cinq ans, personne sait où t'es ! Elle veut t'aider, en fait.

Eh ben ça, ça me scie. Elle est tellement sèche, la Gertrude, on dirait qu'elle est faite en cagettes, alors j'imaginais pas qu'elle avait une existence en dehors de ses cours de maths.

– Elle est où ma mère ?

– Elle est toujours à l'hôpital, ils vont la garder un peu. Elle a pas droit aux visites, là...

– Ils ont dit quoi pour Assia ? Ils veulent la mettre où ?

Resilence. C'est vraiment pas bon.

– Faut que tu reviennes, Za. Tu déconnes là.

– Non, non ça va, je gère.

Faut le dire vite, que je gère. Parce que pour l'instant on est les pieds dans l'herbe devant chez la sorcière et son lièvre pelé, et sur ma liste des idées sur ce qu'on va faire ensuite, je lis rien. Mais si y a un truc que je sais c'est que je vais pas rentrer livrer ma sœur à la DDASS.

– Tu gères rien du tout. Franchement, ton grand n'importe quoi général, des fois c'est mignon, mais là, tu déconnes véner, meuf. Vous pouvez pas vous en sortir toutes seules.

Je checke : Assia s'est relevée et elle chantonne en regardant un truc dans les buissons de l'allée, pour l'instant le niveau de trauma est sous contrôle.

– On s'en sort je te dis.

Silence.

– T'es vers où ? Tu veux que je t'amène des trucs ?

D'un coup la voix de Pia sonne moins naturelle qu'un Tang saveur citron. Elle sait pas mentir, Pia, c'est un truc que j'adore chez elle : quand elle essaie, on dirait qu'elle chante les phrases, tellement elle sait plus où mettre les accents, et elle ouvre grand les yeux comme un chaton de dessin animé pour se donner l'air innocent. Là ses yeux s'écarquillent tellement que je peux les entendre grincer au téléphone. Pia me ment, et ça, ça pique très fort.

– Faut que je te laisse, meuf, faut que je bouge en deuspi.

– Attends... *Za* !

– Allez, bisous, jtm !

Je raccroche, et je cherche un truc pointu pour ouvrir le machin de la SIM. On va voir si je suis pas capable de m'en sortir.

La plupart du temps mes pensées foutent le zbeul dans ma tête toutes seules, c'est elles qui décident comme des grandes de quand elles débarquent pour faire un spectacle de claquettes, en général au moment le plus what the fuck, par exemple quand je dois me concentrer pour comprendre les dérivées, ou parler à un mec sans avoir l'air archidébile.

Et à d'autres moments, je sais pas pourquoi, ça s'organise, tout est bien rangé et gracieux, et ça bouge dans le bon sens et bien en rythme, comme un ballet de natation synchro, je vois tout clairement, je pense plus vite, plus net, et dans l'ordre. Ça me donne une confiance de ouf, qui fait que tout est simple, et je peux tout gérer.

Et là, sur cette herbe pleine de flotte, je sais pas si c'est l'odeur de la forêt, ou la tranquillité des arbres, ou la lumière de la lune qui rend tout tellement beau, mais j'ai de la force qui me vient de partout, à chaque respiration, un élan de l'intérieur qui me dit qu'évidemment, on va s'en tirer, toutes les deux.

J'arrive pas à virer la SIM, on verra après. Assia s'est toujours pas décollée de son buisson.

– Regarde !

Sous une feuille, elle montre trois petites lumières vertes qui palpitent. Des vers luisants.

– C'est des fées ?

Je la prends dans mes bras et je la serre fort contre moi, ça me dépasse, comme je la surkiffe, c'est comme une grosse vague, et d'un coup je me noie dans l'amour. Oui, c'est des fées si tu veux, mon petit machin de sœur, tant que je peux sniffer l'odeur de pomme de tes cheveux.

– Tu m'écrases !

Ah, oui, déso.

Je la laisse récup un peu d'oxygène, on vise quand même l'objectif de survie à court terme. Et puis à terme un poil moins court, faudrait que je trouve de quoi l'emballer pour la nuit, la frangine, et si possible des murs. Vu qu'on est pas loin de minuit, et que j'ai dix boules en poche, c'est pas la mission la plus simple de la journée.

33.

La route est toujours aussi paumée, mais là, le degré d'impressionnance du truc est monté d'un étage : y a pas une seule lumière qui filtre, zéro bruit humain, c'est la solitude de l'espace. Heureusement on a emporté les fées avec nous, dans ma boîte à lunettes, ça occupe, à force d'essayer d'y mettre des trucs pour voir ce qu'elles mangent, et d'ouvrir toutes les minutes pour checker si elles se sont pas fait pousser des ailes.

C'est tellement le vide intersidéral que je commence à me demander si on ne va pas devoir dormir dehors, mais j'ai un vague souvenir qu'il y a des sangliers dans le quartier et je suis moyen rassurée à l'idée d'être prise pour un gland.

Pile au moment où j'envisage de passer la nuit dans un sapin, on est doublées par une caisse, les fenêtres ouvertes avec gros son à fond, et ce qui ressemble à des hyènes à l'arrière, mais ça doit juste être des meufs un peu réboues. Ils nous passent ras les moustaches, et puis ils tournent sur une petite route vers la droite.

Ce genre de conduite à risque, dans ce genre de bled, ça veut dire qu'une seule chose : on est dans le voisinage immédiat d'une boîte de nuit toutes options, genre *Macumba* ou *Soucoupe volante*, barre de pole dance, sets disco et shots vodka caramel pour les dames. C'est pas que j'aie une passion pour le caramel, mais pour l'instant j'ai pas de meilleur plan, alors on prend à droite, même si Assia commence à chouiner qu'elle a mal aux pieds. Je la prends sur mon dos.

Cent trente mètres plus tard, bingo : y a déjà tellement de basses que ça nous fait rebondir en rythme sur le bitume. Ça clignote pas loin, je pense que c'est le parking. Je débarque Assia derrière un arbre.

– Je dois te laisser là, pas longtemps, je te promets. Y a tout dans le sac, ton pull, ton lapin, et même le livre avec le chat.

Je lui tends le téléphone en mode torche, je vois bien qu'elle est pas emballée emballée par le programme que je lui propose, elle a le sourire en panne.

– Tu peux le lire avec ça. Et y a des BN aussi dans le sac.

Le sourire redémarre un peu. Le BN, c'est la vie. Je lui fais un dernier sourire pour la convaincre que tout va bien, mais de la voir là, si petite dans son bosquet, ça me serre l'estomac sévère. J'y retourne, et je rentre sur le téléphone le numéro du petit pompier, que j'ai retrouvé sur le ticket de caisse dans ma poche.

– Si y a un vrai problème, tu appelles ici. Tu dis que tu es ma sœur, qu'il s'est occupé de maman hier matin. Et que tu es à côté de…

Je checke le nom de la boîte.

– De la *Soucoupe volante*.

Magique.

Je sais pas si ce plan de secours peut vraiment lui servir à quelque chose, mais j'ai pas mieux. Assia hoche la tête, sérieuse comme un micro-pape de poche.

– Je reviens vite.

État des lieux général dans l'ombre, sur le parking, ce n'est pas la sexytude qui m'incarne le mieux. Je peux toujours faire un nœud à mon tee-shirt, et le slim passe à peu près si t'assumes les taches en jouant l'imprimé léopard raté, seulement en termes de pompes, je suis pas équipée. Je repère deux meufs qui sortent de la boîte, l'une des deux est pas très fraîche, l'autre est déjà clairement périmée. Ça va vomir. C'est mon moment, je les suis.

– Yo…

La meuf la moins pas fraîche tient déjà les cheveux de l'autre, qui tangue plus fort qu'une cigogne par grande tempête.

– Tu devrais lui enlever ses chaussures, elle va se faire mal, là.

Elle me regarde comme si je parlais farsi. Je prends les choses en main et je dézippe ses talons.

– Et puis faut lui enlever son pull, elle a méga chaud, là. Ça donne envie de vomir d'avoir trop chaud.

L'autre n'a pas d'avis sur la question, mais elle commence à tirer sur le pull, et forcément elle s'y prend mal, côté soularde ça perd l'équilibre et ça grogne, bref ça les occupe bien, cette petite choré, alors j'en profite pour jeter les pompes derrière la bagnole d'à côté.

– Ça va ?

Grognement général. J'arrange un peu mes cheveux dans un rétro, de toute façon ça sert à rien, après le lac de cet aprem, c'est bouclettes party obligée.

– Vous avez pas un rouge à lèvres par hasard ?

La plus déjà morte des deux me file un truc qu'elle sort de sa poche. Chanel. Elle est vraiment sympa. Je regrette un peu mon chouravage de godasses.

Il est pas un peu rouge, ce rouge ? Je jette un œil dans le rétro.

Je suis une grosse bouche.

C'est le moment de dire au revoir à mes nouvelles copines. Je fais un vague signe de la main, mais elles me voient pas, vu que c'est la soirée du glamour et que maintenant que la première a fini de béger, la deuxième prend le relais. J'embarque les pompes au passage et pouf, je suis plus là. Carré dans l'axe.

34.

Quand j'arrive devant le videur, je suis une bouche géante, posée sur des échasses dorées, qui m'ont tué les pieds en moins de trois pas. À l'arrivée, je m'emmêle les talons, et je manque de m'exploser sur la porte d'entrée, mais j'essaie de faire genre tout ça était parfaitement maîtrisé, je pose le coude sur le mur en prenant l'air cool et en jouant avec mes cheveux.

– Bonsoir !

– Carte d'identité ?

Genre il va me faire croire que mes copines poivrotes de tout à l'heure avaient dix-huit ans. Je tire sur mon tee-shirt, même si je suis pas sûre qu'il soit très impressionné par mes boobs taille huit ans.

– Alors en fait je l'ai perdue hier, et…

Je vois déjà que c'est pas la bonne stratégie, parce que le monsieur a pas jeté un regard à ma pauvre tentative de décolleté, et puis il m'écoute plus, ce mytho est beaucoup trop vieux comme le monde.

Ça commence à s'entasser derrière moi, visiblement c'est l'heure de pointe à la *Soucoupe volante*. Les trois mecs derrière ont l'air particulièrement déchaînés, un d'entre eux surtout, il a les cheveux rose barbe à papa, du vernis à ongles, et une chemise avec des dessins de teubs multicolores de toutes les formes. En termes de discrétion, on est bien, donc, ce qui me fait dire qu'ils doivent avoir leurs entrées.

– Je suis avec eux, vous avez qu'à leur demander.

– Ah ouais, super ! Et il s'appelle comment, le garçon derrière toi, avec la chemise moins de dix-huit ?

Il est malin, dis donc, Michel. Je me retourne comme si le mec derrière allait avoir un badge avec son prénom épinglé sur sa chemise du cul. Il a une tête à s'appeler n'importe comment. Je lui lance un SOS avec des yeux dignes du plus triste des bébés phoques.

– Ben alors chaton…

Il me passe devant pour se planter devant le bonhomme, en me filant un petit coup d'épaule au passage, ce qui fait que ça se met à tanguer sec en haut de mes chaussures. Respect éternel à toutes les girafes de la terre.

– On se souvient plus de mon prénom ?

Comme je suis toujours pas complètement stabilisée et que je tricote un peu avec mes stilettos, il m'attrape, me cale sous son bras et me fait un bisou sur la joue.

– Allez, on dit que tu laisses entrer ma gow ?

– T'es en train d'essayer de me faire croire que c'est ta copine ?

Michel a pas l'air convaincu, mais le mec s'en balek, il fait un petit sourire mystérieux et il m'entraîne avec lui dans l'entrée de la boîte, avant de se retourner vers le videur.

– Si tu veux je te la prête, elle suce divinement !

Je suis un peu partie pour lui planter un talon dans les couilles, mais il a un clin d'œil malin qui me calme direct. Il me lâche et me fait une grande révérence en se barrant derrière ses potes.

– Avec les compliments de Simon !

J'ai donc une Marraine la bonne fée, finalement, elle a juste des goûts de chiotte en matière de chemise, et là elle est accrochée aux barreaux de la cage, sur le podium au fond de la salle, en mode twerk de la mort. Why not.

Mais moi, j'ai pas que ça à faire, j'ai une microfrangine et trois fées dans une boîte qui m'attendent dans les fourrés.

Je mets le cap sur le bar, et j'accoste entre les deux mecs qui s'accrochent au comptoir pour se donner l'air d'être occupés, parce que maintenant que t'as plus le droit de fumer c'est vachement plus compliqué de planquer quand t'as rien à faire là. À ma gauche, ça s'endort gentiment dans son whishy Coca, et vu son pif de champion d'apnée sous pastis, possible qu'il fasse ça depuis quelques années.

À ma droite, c'est pas très joli non plus, mais plus présentable, et ça tente un sourire gentil pour compenser son début d'absence de cheveux. T'inquiète pas garçon, ce soir, je suis pas là pour choper de l'avion de chasse.

Moi aussi je souris, et le type a l'air plus surpris que si j'avais soulevé mon top pour lui déballer mes eins, limite il avale de travers, on doit pas souvent être gentil avec lui, pauvre bonhomme.

– Salut.

– Salut…

Il a la voix qui tremblote un peu, tellement il a pas l'habitude, ça plus la calvitie c'est moyen sexy. Je trouve ça pas très bien fait, cette règle qui dit que le charisme est direct relié à la confiance en soi. Comment les grands timides sont censés s'en sortir dans ce monde, vu que comme ils sont timides, personne fait gaffe à eux, et que du coup ils sont encore plus timides ? Qui a inventé ce système ?

Derrière le bar, mon reflet me regarde dans le miroir, avec sa bouche rouge comme du sang, et on dirait presque une autre personne. C'est peut-être à ça que ça sert, finalement, le make-up, c'est pas juste un truc futile qui permet d'être plus bonne que la plus bonne de tes copines. C'est un truc qui fait qu'à un moment t'es quelqu'un, et l'instant d'après, t'es autre chose.

Et peut-être qu'au fond, c'est une fille toute neuve, cette zoulette, avec sa bouche surmaquillée, ses yeux qui me font un peu peur, son regard par en dessous, et son air de se foutre du monde. Est-ce qu'on est toujours la même personne, d'un moment à l'autre ? Est-ce que je suis la même qu'hier ? Des fois, j'ai l'impression que mes souvenirs ne sont pas vraiment les miens mais ceux de quelqu'un d'autre qui me prête son corps, que je squatte depuis dix minutes.

Qu'est-ce qui reste de nous quand on change ?

– Je te paye un verre ?

– Je bois pas, merci.

Vu la cuite d'hier soir, mon foie fait une danse de la joie, comme s'il avait quelque chose à voir avec cette décision raisonnable, mais en vrai, mon foie c'est le grand timide sans charisme de mon corps, personne fait attention à lui. Si je dis ça c'est surtout pour sortir avant qu'Assia soit transformée en chouquette surgelée.

Je sors les armes de destruction massive, aka je me mords le côté de la lèvre.

Je trouve ça fascinant comme, à force de les répéter dans les films, on a fabriqué tout un tas de petits gestes qui, quand ils sont mis ensemble, font une sorte de grand code général du cul, un code que tout le monde connaît mais fait semblant de pas connaître. Le type doit sincèrement croire qu'il me trouve hyper chaude, alors qu'en fait non, coco, je me mords juste la lèvre.

– Tu as quelque chose de prévu ce soir ?

Je vois bien que ça pédale à toute vitesse dans sa tête, mais en vrai, je demandais pour être polie. S'il avait quelque chose à faire, il serait sans doute pas seul, scotché au comptoir mal lavé d'une boîte de nuit toute rincée.

– Tu as quelque chose à proposer ?

Je prends l'air très embêté et très mignon.

– En fait je suis en vacances dans le coin, et je suis venue avec une amie. Mais j'arrive pas à la retrouver, je crois qu'elle est partie avec un mec. Ce qui fait que je suis coincée ici, tu vois…

Il a jamais aussi bien vu de sa vie, je crois.

– Tu as besoin d'un canapé ?

Grand sourire, pour le remercier d'être aussi malin.

Lui, il a l'impression que je n'ai pas remarqué les arrière-pensées qui lui flottent dans le cortex tellement fort qu'elles lui clignotent à l'arrière des yeux. Je crois qu'un jour les hommes découvriront qu'on sait toujours à quoi ils pensent, et ce jour-là, le féminisme aura gagné.

– J'ai un canapé dans mon salon, si tu veux. Il est pas hyper confort mais…

C'est le moment où il faut jouer collé-serré. Je me penche en avant pour lui parler plus près. Rien qu'à sa façon de respirer je sens que son cœur vient de doubler son quota de battements minute.

– C'est vrai ? Ça m'aiderait trop…

– Tu veux y aller maintenant ?

Eh bien oui, mon ami, car j'ai une petite sœur qui congèle sur un parking à l'heure où tu m'écoutes.

Je suis pas certaine qu'il y a une bonne manière de lui annoncer ça, maintenant qu'il me conduit vers sa bagnole avec la gueule d'un type qui a gagné un million de dollars, mais il va falloir. Il a déjà les clefs dans sa portière quand je me lance.

– C'est un canapé deux places, ton canapé ?

Il s'allume de l'intérieur, c'est sans doute pas la bonne façon de lui annoncer les choses en douceur.

– Non mais parce que je suis pas toute seule. Y a ma petite sœur, aussi…

Évidemment c'est pas ce à quoi il s'attendait, mais qu'est-ce qu'il va faire, maintenant que je lui ramène Assia, mes quinze kilos de petite sœur endormie, qui ronflait dans les orties, mon petit fantôme dans son pull blanc, avec les yeux qui clignotent, et sa boîte à lunettes pleine de fées à la main. Forcément, il se sent pas trop de nous lâcher dehors.

Mais il parle pas beaucoup sur le chemin.

Chez lui, c'est pas grand et un peu moche, mais j'ai pas le temps de me faire un avis sur la déco vu que j'entre les yeux fermés et que je m'endors en faisant le lit. Tout ce que je sais c'est qu'on est là, toutes les deux, avec Assia qui dort déjà, sur ce clic-clac pas très confort, que je la serre contre moi et que cette nuit, tout ira bien.

35.

Il fait beaucoup trop noir.

Je sais pas pourquoi il fait si noir, j'ai l'impression d'être enfermée dans un caveau, l'obscurité froide est comme solide autour de moi, comme si j'étais coulée dans du béton, rien ne bouge autour de moi, et moi non plus je ne peux pas bouger, comme si le monde entier était devenu une dalle de ciment froide, et dure et silencieuse.

Comme si ça devait durer toujours. Je ne sais pas ce que je fais ici, je ne sais pas ce qu'il s'est passé, ni où j'étais il y a cinq minutes. Quelque part, loin, deux notes qui se répètent à l'infini.

Je ne peux pas bouger ni rien voir, j'essaye d'ouvrir la bouche pour crier mais ma bouche se remplit de litres de béton froid et je peux plus appeler, plus crier, plus respirer, plus rien.

Et tout d'un coup un bruit atroce qui me dépasse et qui me réduit en poudre, la tôle qui se froisse, les pneus qui grincent, le fracas des vitres qui explosent, et les hurlements.

Et les deux notes de la sirène de l'ambulance.

36.

J'ouvre les yeux avec l'impression de sortir d'une piscine pleine de fondue.

Assia est assise sur le lit à côté de moi et elle me regarde avec des yeux de moufette pas contente, y a tellement de sourcils froncés qu'on voit plus du tout le vert pistache dessous.

– Je l'aime pas, le monsieur.

Comme une bonne moitié de mon cerveau dort encore, et que c'est sans doute la plus performante des deux, je mets au moins dix secondes à capter de qui on parle. Aka la personne qui possède ce clic-clac mais pas de cheveux.

– Pourquoi ?

– Il m'a grondée parce que j'ai pris du pain.

Chauve et radin, gégé.

– On va partir, c'était juste pour dormir cette nuit, ok ?

Tout d'un coup elle me regarde avec des yeux tellement pleins de larmes que j'ai peur qu'elle se noie.

– J'ai envie de voir maman.

Moi aussi, j'ai envie de voir maman, mais comment t'expliquer, Assia, que si on rentre maintenant, on ne te laissera pas la voir tout de suite, et qu'il y a de bonnes chances pour qu'en plus on te range loin d'elle pour un moment. C'est trop compliqué de dire ça, alors je choisis la diversion, parce qu'un petit-dej c'est toujours mieux qu'une sale explication.

– On va aller acheter un pain au chocolat à la boulangerie, d'accord ?

J'ai pas le temps de vérifier si l'embrouille fonctionne, parce que Poil de Caillou se pointe de sa chambre avec l'air vraiment pas content. Il a Insta sur son téléphone, ce qui me fait me dire que c'est devenu un réseau social pour vieux.

– C'est toi, ça ?

Oui, c'est moi, ça. C'est bien ma grosse tête, sur le compte de Myriam, qui a trouvé ça malin de poster le Pola que j'ai fait avec Assia, avec mon nom et mon âge, en demandant si on m'a pas croisée. En demandant ça à ses quinze millions de followers, donc. Je viens de passer de nobody à Rihanna en une demi-nuit.

– Tu m'as raconté n'importe quoi en fait ? T'as quinze ans ?

Je pourrais souligner que je lui ai jamais donné mon âge et que c'est lui qui a fait ses petites suppositions comme un grand, mais il a l'air trop véner pour tenter cette remise en question. Je voudrais juste choper ma sœur sous un bras et mes affaires sous l'autre et me tirer d'ici, skipper cet échange relou, pour aller manger toute la vitrine de la pâtisserie d'à côté. Mais il est entre nous et la porte.

– Tu t'es barrée de chez toi, c'est ça ? Tu sais ce que je risque, moi, avec tes conneries ?

– Je suis désolée, on s'en va.

Il s'approche de moi, on dirait plus le même mec qu'hier soir, c'est comme si la lumière dans ses yeux avait changé de couleur, et son regard me fait vraiment flipper. Le type vient de découvrir qu'il avait du pouvoir, et ça, ça veut dire qu'il veut s'en servir.

– Ah mais non, ça va pas se passer comme ça, ma bichette.

Il a posé ses doigts sur mon coude, j'ai l'impression d'avoir un gros reptile visqueux collé sur le bras.

– Tu me fais pas des promesses pour venir dormir ici, et pour te barrer le matin, alors qu'en plus, si ça se trouve je vais me retrouver avec les flics au cul…

Il serre fort, le bâtard. Va falloir penser vite. Je repère les lieux en deux-deux : trois mètres pour atteindre la porte, le sac est sous le lit. Je jette un œil à Assia et je sens qu'elle a bien compris l'idée générale : on se taille, et vite. Je me rapproche en battant tellement des cils que la pièce a bien dû perdre deux degrés.

– Et tu veux que je fasse quoi pour me faire pardonner ?

Est-ce qu'il y croit ?

Il est beaucoup trop près, je sens son haleine sur mon visage, un mélange de menthe et de café, et je sais très bien ce qu'il veut et ça me dégoûte. Il se penche vers moi, je me concentre très fort pour pas lui vomir dans le cou mon hashtag MeToo.

– Tu pourrais venir avec moi dans la chambre à côté…

Il y croit. Mais il est pile assez près pour la suite de mon plan : trois, deux, un, je lève le genou très vite et très fort en croisant tous les doigts dispos pour que ça marche comme dans les films, et ça a l'air. Mon petit cochon se plie en deux avec un couinement qui fait mal rien qu'à l'entendre, et je lui saute par-dessus et je file vers la porte, avec Assia qui a déjà pécho le sac en passant.

Sa mère, putain, la porte est fermée à clef.

Ce n'est pas possible, cette manie, c'est quoi, une épidémie de parano ? Y a zéro clef en vue, et ça me semble chaud de tenter un vol plané du sixième, et quand je me retourne, je me retrouve nez à nez avec le sourire moche du sale type qui sent qu'il va gagner, parce qu'il a les clefs dans la main.

Sauf que y a pas moyen.

Je sais pas comment j'arrive à faire ça, c'est comme si mon corps avait pris les commandes et que j'avais juste à le regarder, OKLM, assise à côté.

C'est comme dans ces vidéos sur les gens qu'ont un morceau de cerveau en panne et qui savent pas ce que fabrique la moitié de leur corps : ma main droite fait sa vie, elle attrape le gros cendar en verre moche posé sur la commode, et elle l'éclate contre le crâne chauve de monsieur Porc.

Il s'écroule par terre, dodo immédiat. Ça me colle le vertige après coup d'imaginer ce qui serait arrivé si j'avais raté mon truc. Mais j'ai pas le temps de l'autokiff, vu que je sais pas combien de temps c'est censé durer, un coma artificiel par cendrier, et que j'ai pas très envie d'être là pour lui servir le café au réveil, alors je me jette sur sa main molle et moite, pour récup les clefs. Son portefeuille est tombé de sa poche, je fais une minipause examen de conscience mais, faut pas se foutre du monde, il a bien mérité que je lui chourre toute sa moula.

On s'arrache.

37.

On dévale les escaliers en courant, en mode concours de tricot avec les pieds, dérapage contrôlé à chaque étage en se raccrochant au mur d'en face, jusqu'au rez-de-chaussée, et on se retrouve dehors. Autour de nous c'est des gens sur les trottoirs, des voitures au feu rouge, des gosses qui courent et qui jouent avec des chiens, en gros c'est la vie comme on l'avait laissée. J'avais presque oublié qu'elle existait à force de vivre des trucs chelous, alors qu'elle, elle a continué sans même se rendre compte qu'on était plus là, et maintenant qu'on est revenues, elle nous regarde pas plus.

Ça me colle le vertige, cette démonstration moche que ma sœur et moi on aurait pu disparaître, et qu'au fond ça changerait rien, ça me fait voir, d'un coup, comme on est si petites dans l'univers, indispensables pour personne. Je regarde Assia à côté de moi, elle aussi me regarde avec ses deux pistaches, et toutes les deux, à ce moment-là, on sent bien qu'on est les seules de la rue à vraiment voir l'autre.

Personne d'autre est là pour mon petit bout de sœur.

Alors je vais la tirer de là.

On va pas rester devant l'immeuble de perversvéner plus longtemps, mais en même temps nos options sont pas très claires : c'est pas la thune qui nous étouffe, et je sais même pas dans quelle ville on est. Et en plus, ma tête est mise à prix.

Vu la rue, on est pas à Funky Town : je compte trois pharmacies et deux tabacs et notre meilleure chance, c'est sûrement le gros supermarché d'en face. Comme j'ai un euro dans la poche, je prends un chariot, c'est pratique pour ranger ma sœur et ça lui fait un tour de manège gratuit.

Je sens bien qu'elle a un petit fond de seum, alors je décide qu'on va faire une pause enjaillement.

– T'as faim ?

Rien qu'à la vitesse où elle tourne la tête, j'ai ma réponse. Je la pousse jusqu'au rayon gâteaux secs et on se chope deux paquets de BN chocolat. Au rayon d'à côté, je trouve du lait, et juste à côté, la grenadine, comme quoi les gens qui rangent savent ce qu'ils font. J'ouvre le lait et je bois deux grosses gorgées pour faire de la place, Assia avait tellement jamais envisagé qu'on pouvait faire ça que son système plante, elle me regarde verser de la grenadine et secouer la bouteille sans comprendre ce qui se passe, la bouche ouverte, et elle bouge pas jusqu'à ce que je la lui colle dans la main.

– Quoi, t'aimes plus ça ?

– Mais on a pas le droit !

– Et alors ?

Elle a trop faim alors elle décide que ça lui suffit, comme argument, elle boit son lait, et elle dit rien non plus quand je lui ouvre le paquet de BN. La couleur commence à revenir sur ses joues, je suis contente qu'elle finisse pas sa vie en noir et blanc. Elle a quand même une petite mine fripée de môme qui a passé une drôle de nuit, c'est pas le plus discret, va falloir arranger ça.

– On va voir le maquillage ?

Assia hoche la tête comme jaja.

Jusqu'ici c'était pas son matin préféré, mais là, c'est l'ouverture de Disneyland Auvergne.

On lui trouve une brosse pour lui calmer les boucles, déjà, et on se débarbouille au lait pour bébé. On fait genre on renifle l'odeur des produits, et personne nous dit rien. Je comprends pas pourquoi tout le monde fait pas ça : c'est hyper facile, suffit de prendre l'air naturel et y a zéro moyen de se faire gauler.

– Tu veux qu'on se maquille pareil ? On fait les sœurs jumelles ?

L'idée lui plaît. C'est bien, ça m'évite d'avoir à lui expliquer qu'on se déguise surtout pour que Jean-Cochon nous remette pas la main dessus.

Y a tout, dans ce rayon. On se tartine les paupières de paillettes et je trouve un crayon brun, pour nous dessiner des taches de rousseur, les mêmes que la fille du dessin animé préféré d'Assia, et puis idée de génie, je dégote un ciseau à ongles et je nous coupe les cheveux, et on se retrouve avec deux franges bien courtes.

Pendant que je compare les eye-liners, Assia bloque devant une boîte.

– C'est quoi, c'est des yeux ?

Je le trouvais fourni, leur rayon beauté, mais quand même.

Je me penche sur la boîte qu'elle a dans les mains, et twist, c'est pas des yeux.

C'est des lentilles de couleur. La première boîte est vert pistache. Je crois que l'univers essaie de me dire quelque chose. J'hésite trois secondes sur la manière de faire, mais en vrai, plus c'est gros, plus ça passe, alors je décide de les mettre direct au milieu du magasin. J'ouvre la boîte avec les dents, je plonge mes doigts vite fait dedans. J'ai jamais mis de lentilles de ma vie, mais c'est pas non plus une opération à cœur ouvert. Yolo.

J'ai un peu serré les fesses, mais je suis toujours pas aveugle.

– Photo ?

Assia rigole sur le selfie. Est-ce que c'est ça, le vrai secret de l'existence ? Est-ce que quand la vie va de traviole il suffit de dire que tout va bien, et puis après tout va bien ? Est-ce qu'on peut se maquiller la vie comme on se ravale la face ? Des fois je me dis que ça vaut mille fois mieux de faire un peu semblant, en vrai, parce que si on regarde le truc sans se coller un filtre kawaï devant, je sais pas comment on finit pas étouffé sous la tristesse.

Je poste nos nouvelles têtes sur Instagram, comme ça le monde sera témoin de notre transformation de petites chenilles mignonnes en gros papillons-tchoins.

Hashtag lesflageoletssontdesortie, à nous la fame.

Quand on retourne vers les portes vitrées, après avoir acheté une bouteille d'eau pour la forme, les yeux du vigile nous collent un peu longtemps, peut-être parce qu'il se demande comment on est sorties, vu qu'il nous a pas vues rentrer, magie du transformisme. Je lui fais un joli sourire, sans avoir trop peur, parce que je vois mal comment il peut nous rodav vu qu'on est déjà en train de digérer les preuves.

On fait trois pas dehors, y a du soleil qui nous tombe dessus, et pour la première fois, je me dis que finalement on va peut-être s'en tirer, toutes les deux. On se démerde pas si mal, peut-être qu'on va y arriver, finalement, à rester ensemble. Je capte tout d'un coup que jusqu'ici, j'y croyais pas vraiment, j'ai toujours pensé qu'au fond on nous rattraperait, qu'on finirait par me la piquer, ma sœur. Et je sais pas pourquoi, ce petit rayon de soleil qui vient me bronzer les fausses taches de rousseur, ça me fait un effet de fou, comme une caresse de l'univers, qui me dit la beauté du monde, et qu'on est dedans, qui me dit que parfois, ça marche.

Mais j'ai la tête qui explose.

38.

Je sais pas ce que c'est mais le bail s'écrase sur ma tête tellement fort qu'au début je pense que c'est un bus, un putain d'accident de bus, et que je vais crever sur ce trottoir. Je sais plus où je suis, je sens plus mon corps dans l'espace. Tout est noir, j'ai juste des lumières qui me clignotent devant les yeux, tout un tas de petites fées d'Assia. J'entends plus rien non plus, j'ai même pas mal, en fait, même pas peur. Juste l'impression que c'est la fin, que je vais flotter là dans le noir, jusqu'au moment où mes cellules nerveuses vont s'éteindre une à une, jusqu'à ce qu'il n'en reste qu'une poignée, et puis une seule, et puis plus rien.

Mais pourtant non, les choses repartent, la lumière revient et les cris, aussi, les hurlements d'Assia. Et la douleur qui démarre. Je sens un coup, puis un autre, et je comprends que c'est pas un bus, parce que jamais un bus s'acharnerait sur mon bide comme ça. Je fais un effort de ouf pour ouvrir un œil et vérifier que j'ai bien compris ce qui se passe, juste à temps pour voir la grosse botte de Poil de Caillou venir m'exploser la pommette.

Ok, je vais mourir.

Assia est par terre, à deux mètres de là, je la vois pleurer, et je la vois se lever pour aller se mettre dans les jambes du type et j'essaie de faire un geste pour l'empêcher, mais je crois que j'ai le bras pété et ça me fait crier, ce qui fait qu'il comprend qu'elle est là, ce sale porc, il se retourne vers elle et il lève lentement la jambe.

Assia.

Je finis de tendre le bras et j'attrape sa cheville, il perd l'équilibre et se vautre dans le caniveau, et moi la dernière chose que je sens c'est mon bras qui prend feu.

39.

– Kenza ? Kenza ? Tu peux suivre la lumière ?

Ça bouge dans tous les sens. J'entends une sirène, et le premier truc qui me vient c'est qu'il y a sûrement pas de sirènes au paradis, conclusion, je suis pas chez le bon Dieu, je suis chez les pompiers. Et je reconnais la voix du type qui me trimballe une torche sous le museau.

– Petit pompier…

J'ouvre un peu plus les yeux, le gars sourit, c'est bien mon pompier modèle réduit. Plus loin, Assia est assise. Comme neuve. Je respire.

– Ta petite sœur a été très courageuse. C'est elle qui m'a appelé.

Elle me regarde pour vérifier qu'elle a pas fait de bêtise, alors je lui souris. Et puis j'arrête parce que ça me défonce la mâchoire.

– Tu sais quel jour on est ?

– Mercredi ?

– Et où ?

Ça je sais pas.

– On t'a ramassée au Champratel. Tu le connais, le gars qui t'a fait ça ?

Tout ce foin pour revenir à Clermont.

Je secoue la tête. En me redressant je croise mon reflet dans la vitre du camion.

Le sang me coule du front.

– Te laisse pas impressionner, c'est des hématomes, ton visage, ça va s'arranger.

Le sang me coule dans les yeux, et là je vois que ça, ces yeux vert pistache qui me regardent.

Les yeux pistache qui me fixent, et le sang qui coule dedans, et tout le reste s'efface, et cette pensée que j'ai fui tout le long, qui avait disparu à force que je l'efface, c'est elle qui efface tout maintenant et je vois plus rien d'autre. Juste les yeux verts et le sang.

Je crois que le chagrin va finir de m'arrêter le cœur. La sirène est loin, le camion est loin, juste ces yeux verts et la voix de ma mère qui me répète en boucle : il a eu un accident. Il a eu un accident. Il est mort.

Papa est mort.

40.

– Et donc, si tu veux parler de quoi que ce soit, je suis là. Par exemple, si tu veux revenir sur ce qui s'est passé en septembre…

Ça fait cent vingt-sept fois que je lui explique que j'ai pas besoin de parler de ce qui s'est passé en septembre. Soit cette dame est bouchée, soit elle est payée à l'heure.

– Ou n'importe quoi d'autre… De ta mère ? Ou de ta petite sœur. J'ai eu des nouvelles de sa famille d'accueil, si ça t'intéresse.

Sa mère la pute, j'ai dit non.

– Je vous ai dit, ça va.

Elle doit sentir qu'elle me chauffe parce qu'elle remballe son sourire et qu'elle se rassoit au fond de son fauteuil. Je sais pas comment faire plus clair sur le fait que je veux qu'on me foute la paix.

– Je t'agace ?

– Vous êtes pénible, un peu.

Ça la fait marrer. Bon point, ça veut dire qu'elle va bientôt me lâcher.

– Ok. Rien d'autre, donc.

Je viens de passer une heure à lui parler de lissage brésilien, cette femme est un robot. Je lui fais un sourire ravi, qui dit tout va bien, je t'assure, madame la docteure pour les fous.

– Non merci Gaëlle, tout est bon !

Liberté, attends-moi, j'arrive.

– Kenza ? Tu diras à Estelle d'entrer ?

Je sais qu'elle le fait exprès, elle joue à la plus maligne, parce qu'elle trouve que je suis partie trop vite. Et moi je ne peux pas m'empêcher de me retourner pour la regarder en tirant la tronche. Elle prend l'air de pas savoir c'est quoi l'embrouille. Mais je vais pas lui faire le plaisir de lui dire encore une fois.

Elle finit par sourire, et me fait un petit signe de la main.

– Allez, file. À demain, Mélodie…

L'AUTRICE

Passionnée par l'écriture autant que par le cinéma depuis l'enfance, Marine Maugrain-Legagneur se destine d'abord au scénario. Après une thèse en sémiologie concernant l'écriture audiovisuelle, elle devient directrice littéraire et encadre la production de plusieurs séries (*Chérif, In America...*) avant d'intégrer la formation « Création séries TV » de la FEMIS, où elle aiguise sa plume et rencontre son futur coauteur. Au scénario et à la direction artistique, elle se confronte à tous les genres – du policier, avec *Profilage,* au drame familial avec *Les Bracelets rouges*, en passant par le feuilleton quotidien – avant de coécrire avec Victor Lockwood les vingt épisodes de la série *Mental.* C'est pour donner plus d'espace aux personnages de *Mental*, pour porter sur eux un nouvel éclairage, et pour répondre aux questions posées par la série qu'elle se lance avec Victor dans l'écriture de romans préquels.

Retrouve la suite des aventures de Mélodie
dans la série **Mental** disponible sur

france•tvslash

Retrouve toutes les nouveautés
sur le site rageot.fr

RAGEOT s'engage pour l'environnement en réduisant l'empreinte carbone de ses livres.
Celle de cet exemplaire est de :
750 g éq. CO_2
Rendez-vous sur
www.rageot-durable.fr

PAPIER À BASE DE FIBRES CERTIFIÉES

« Coca » est le diminutif de Coca-Cola®,
une marque déposée de The Coca-Cola Company.
« Mc Do » est le diminutif de McDonald's®, une marque
déposée de McDonald's International Property Company.
« Insta » est le diminutif de Instagram®,
une marque déposée de Instagram, LLC.
« Pola » et « Polas » sont des diminutifs de Polaroid®,
une marque déposée de PLR IP Holdings, LLC.

Cet ouvrage a été composé par IGS-CP
à L'Isle-d'Espagnac (16)

Achevé d'imprimer en Italie en février 2021
sur les presses de Grafica Veneta, Trebaseleghe
Dépôt légal : avril 2021
N° d'édition : 7670-01